薔薇のノクターン

高見純代

幻冬舎MC

ガンジス河の日の出

表紙装画　高見純代
口絵写真　高見純代

薔薇のノクターン

ブッダン　サラナン　ガッチャーミ
ダンマン　サラナン　ガッチャーミ
サンガン　サラナン　ガッチャーミ

三帰依（パーリ文）

一

平成二十九年四月七日（金）、うららかな春の宵だった。澄世は散々迷ったあげく、やはり着物で出かけた。K先生が一緒だったら、きっと着物を着て行くつもりだったからだ。こんなに悲しい春は人生で初めてだった。花が好きだというのに、桜が咲いたのも、道端のスミレにも気付かぬ日々だった。

和彦は取引先の仕事を終え、社へは戻らず、大阪・中之島に来たついでに、ふと国立国際美術館へでも行こうと思いたった。今の時期、何をやっているかは知らないが、最近の美術館は金曜なら八時くらいまで開館しているはずだから、いい気分転換になると思ったのだ。和彦はこういう思いつきでふらっと行動するのが好きだった。福島のなにわ筋を朝日放送ビルを左手に見て歩き、信号を待った。信号の向こうは玉江橋で、少し先を着物姿の女が歩いていた。信号が青になり、橋を歩きだすと、背が高く歩幅の広い和彦は、たちまち女に追いついたが、女の二、三歩後ろにつけ、少し歩調をゆるめた。女はピンク色の着物に、黄色地に紅い牡丹の花が描かれた帯に、白いレースのショールを肩にかけ、黒のバッグを左手に提げていた。ボブカットの黒髪が着物と合い、垢抜けていて、姿勢よく歩いて行く。

その時、春の嵐が吹き、女の白いショールが和彦の目の前に飛んで来た。和彦は素早く手にキャッチした。

「あっ」と、女は驚いて振り返った。

「どうぞ」と、和彦は手に握ったショールを手渡した。

「ありがとうございます。貴方がとって下さらなかったら、川へ飛ばすところだったわ」

澄世はにっこり微笑んで、お辞儀をした。少しかすれた高い声だった。澄世は前へ向き直ったが、しばし間をおいて、また和彦の方へくるりと振り返り、物憂い顔で言った。

「もし、お急ぎでなかったら、音楽会へご一緒して頂けません？　この先のリーガロイヤルホテルなんです。連れが来れなくなって……来て下さると助かります」

助かります、と言われ、和彦はつい行く気になった。

「ご一緒しましょう」

「ありがとうございます」

澄世は、若い男を急に誘った事を、自分で不思議に思った。だが、これはK先生のお導きかもしれないと思い、一人納得した。そう思うと、さっきまでの淋しさがうすれ、うれしく有り難く思われ、男にニッコリ微笑んで、胸の前でそっと手を合わせた。和彦は、かわいい人だな……でも、いったい幾つだろう？　と思った。もう、美術館の事はすっかり忘れ、女と並んで歩き出した。

和彦の背丈は一七五センチあり、澄世は一六〇センチだった。澄世は色白で二重の大きな瞳が印象的で、現代的な顔立ちだが、鼻が高すぎず、口元がしっかりとじられ、全体におとなしく物静かな感じで、古風な雰囲気が着物とよく合っていた。和彦の肌は浅黒く、丸く黒目がちな目が知的で優しい印象で、人からよくイケメンと言われ、入社して十五年で、スーツ姿も板についていた。二人並んで歩く様子は、映画のワンシーンのようだった。


ホテルの会場はそんなに広くなく、グランドピアノが正面にあり、椅子が五十脚くらい置かれ、客でほぼ満席だった。二人は一番前の列の真ん中に座り、時間を待った。プログラムが配られ、どうやらピアノ愛好家の集まりによる素人のピアノ発表会らしかった。

「あれは、スタインウェイのピアノよ」

「スタインウェイ?」

「そう、世界中のピアニストに愛されてるピアノで、ピアノを弾く人はみんな憧れるピアノよ」

そんな説明をし、澄世はあとは何も喋らなかった。

「ではちょっと失礼」と、澄世は席をたって行った。

七時になり、会場が暗くなり、ピアノにスポットライトがあたり、澄世が登場し、皆が拍手をした。和彦はびっくりしたが、周り同様に静かにピアノの方を見つめた。

澄世は客席に深々と礼をし、ピアノに向かい椅子に腰かけた。やはり姿勢が良く、真面目な横顔が美しく、客達は息をのんだ。白い手が鍵盤にのせられ、曲が始まった。和彦にも聞き覚えのある曲だった。甘美で優しい曲……ショパンの『ノクターン第二番 変ホ長調』だった。甘く切ない旋律に、和彦も心を奪われた。高いキーの連打があり、そのあと静かに締めくくられ曲は終わった。澄世が立ち上がり正面を向いた。その顔の両頬に涙が流れているのがわかった。和彦はドキッとした。澄世はまた深々と礼をし、会場は拍手に包まれた。澄世が退場し、次にロングドレスの女が出てきて、リストの『愛の夢』を弾きだした。その途中で、澄世はそっと席に戻って来た。曲が終わると澄世がささやいた。

「外へ出ましょう」

「ああ」

和彦は反射的に同意し、澄世と一緒に席をたち、二人は後ろの客に気遣い、腰をかがめながら会場を出た。澄世はもう泣いていなかった。

「このホテルの上で、ちょっとお食事しません？」

「ああ、そうしましょう」

和彦はうつろに答えながら、頭の中では、さっき見た女の涙のわけを、知りたくてしょうがなかった。


エレベーターに乗り、二十九階で降りると、ホテルマンが、澄世の着物姿を見て、窓辺の一番いい席に案内してくれた。天気のいいせいか、外の夜景は輝くばかりに綺麗だった。澄世はうっとりと夜景を見た。和彦はその横顔をジッと見た。メニューがさしだされ、澄世はお任せするわと言うふうに小首をかしげた。和彦は実のところ胸がいっぱいであまり食べたくなかったし、こういう場に慣れておらず、大いに困った。

「アラカルトで……そうだな。季節野菜のマリネと、魚介のフルーツテリーヌを」

「お飲物は？」

「僕は水割り。貴女は？」

「赤ワイン」

ボーイがさがり、二人は差し向かいでしばらく黙っていた。澄世はK先生の事を考えていた。沈黙に耐えかねて、和彦が言った。

「トップをきるなんて、凄いですね。それに素晴らしかったです」

「ありがとう。でもあの中で一番下手だからトップだったのよ」と、澄世は微笑んだ。笑うとえくぼができ、チャーミングで若く見えた。

「そんな事はないです。僕はクラシックの事はよく知らないが、貴女の演奏は素晴らしかった。皆もあんなに拍手してたじゃぁないですか！」

と、いささかムキになって言った。

水割りと赤ワインが来て、澄世の目が乾杯を合図した。水割りと赤ワインなんて、ちょっと妙な取り合わせだと思ったが、和彦は気を取り直し、互いの杯を上げた。

「お名刺、頂けます？　私はこれです」と言って澄世が名刺を出した。和彦もあわててポケットから名刺入れを出し、二人は名刺交換をした。

「……和彦さん？　M商事にお勤めなんて、ご立派ですわね」

澄世は年下の男に対し、わざと下の名前で親しげに呼んだ。

「いいえ、貴女こそ、いけばなさがみりゅうの講師なんて、凄いですね」

「ちがうの、さがごりゅうって読むの」

「あっ、すみません」

「ううぅん、知らない人は知らないわ。嵯峨御流って、華道界で唯一家元制じゃなくって、京都の嵯峨の門跡寺院大覚寺が本所で、嵯峨天皇様が始祖で由緒正しいのよ」

澄世は用意していた台詞のように説明した。

「たてみすみよさん？」

「そう、楯見澄世です」

料理が来て、和彦は澄世にも皿に取り分けてやった。和彦は、澄世の年齢を計りかねていた。既婚かどうかも気になったが、澄世の手には指輪が一切なかった。四、五歳上のアラフォーってところか？　この美貌だからバツイチかも？

京都大学法学部卒で、一流のM商事に勤めるエリートでハンサムな和彦は女にもてた。今は社内一の美人と噂される絵里と付き合っている。

「楯見さんは独身ですか？」

「澄世って呼んで下さっていいのよ」

「はい。で……澄世さんは独身ですか？」

「ええ」

「失礼だったらご免なさい。ずっと独身ですか？」

「ええ」

和彦は驚いた。何故だ？　高望みし過ぎたのだろうか？

歳だけはくって、実は男と付き合った事のない澄世は、相手がいぶかっているのを感じ、またか……と思った。いつもそうだった。見合いでも、正直に男性と付き合った事はないと言うと、ある男に「君、それ売りなの?」と言われ酷く傷ついたのだった。以来、見合いをしなくなった。澄世は和彦の関心を他に移そうと思った。

「彼女、いらっしゃるんでしょ?」

「ええ」

「女性は花が好きだから、贈ってあげるといいわ。何がいいか困ったら、メールでも下さい。お花の事ならお役に立てると思うわ」

「いや、まだそんな付き合いじゃないので……」

今度は和彦が困惑した。こんなふうに、年上の綺麗な女性と食事をしていると知ったら、絵里は怒るかな? と不安になった。

しかし、橋の上で出会ってから、さっきのピアノ演奏といい、謎の涙といい、和彦は澄世に何かしら惹かれている。(まっいいか、絵里には黙っていよう)

二人は当たり障りのない話をして時を過ごした。時計が九時を指そうとした。

「今日は本当にありがとうございました」と、澄世がきりだした。

「こちらこそ、素晴らしい演奏をありがとう」

澄世がテーブルナンバーを取ろうとしたので、和彦はあわてて立ち上がった。

「僕が払います。その代わり、また会って下さい」

言ってから自分で驚いた。結局、涙のわけは聞けなかった。


四月二十九日（土）、ようやく澄世と和彦は再会した。和彦が仕事でベルギーへ出張していたのと、澄世が華道の関係で沖縄に行っていたせいで、お互い日程が合わず、この日になったのだ。お昼の十二時に、待ち合わせのホテルグランヴィア大阪のフロントに現れた澄世は、淡いピンクのシンプルなラインのワンピースを着ていた。十九階にあるフレンチレストラン・フルーヴへ行き、和彦が予約しておいたテーブルについた。

「ピンクがお好きなんですね」

「ええ」

それにしても、ピンクがよく似合う女性だなと和彦は感心した。本当に幾つだろう？遅咲きの桜の精みたいだ……。真珠のネックレスも澄世の清楚さを際だたせていた。

「ベルギーはいかがでした？」

「ええ、忙しいばっかりで」

「彼女にダイヤを買ってあげなかったの？」

ベルギーがダイヤモンドの流通で有名なのを澄世は知っていた。和彦は今、上司とそりが合わず、あまり仕事の話はしたくなかった。それで話を澄世にふった。

「沖縄はどうでした？」

「いけばなインターナショナルって言う、世界中に日本のいけばなを紹介する団体があってね、その世界大会が、今年は沖縄コンベンションセンターで開かれて、私の先生がデモンストレーションをされるので行ってきたの。十三日に、いけばな愛好家が世界中から約千百人も集まってね、名誉総裁をなさっている高円宮妃久子殿下と、お嬢様の絢子女王殿下、それに常陸宮妃華子殿下もおなりになって、先生のデモンストレーションが始まったの。あっ、その前に嵯峨御流の説明をするわね。嵯峨御流の本所 大覚寺は一二〇〇年前、嵯峨天皇の御所だったの。空海の話を聞いて、中国の洞庭湖を模して大沢池を造られ、これが日本現存最古の人工池なんだけど、そこにある菊ヶ島に咲く菊を、嵯峨天皇が手折られて、瓶に挿されたところ、その姿が自ずと天、地、人の三才の美しい姿を備えていた事から、『後世花を生くるものは宜しく之を以て範とすべし』と仰せになった事から始まってね、嵯峨天皇様をいけばなの祖と仰いで、現在に至っているの。嵯峨天皇様と親交の深かった空海の教えも含まれて『花即宗教』の精神で引き継がれているのよ」

澄世は目を輝かせて話した。

「へー、凄いですね。流石、いけばなの先生ですね」

和彦は感心した。食事はもうメインディッシュのステーキが来ていた。

「それで、デモンストレーションだけど、舞台に大覚寺のお坊様十人が左右から五人ずつ出てこられ、ずらっと並ばれて声明《しょうみょう》から始まったの。それが素晴らしい合唱なのよ。そして、お坊様方が散華《さんげ》をされ、会場の前列に居た私の膝にも紫の散華が一枚舞って来て、まず感動したわ。それから、私の先生、嵯峨御流の今の華務長なんだけど、辻井ミカ先生が、最初に『荘厳華《しょうごんか》』をいけられ、次に北海道と沖縄の景色をいけられて、京都の御所車をいけられ、最後に、この日の為に、この季節に奇跡的に咲かせた嵯峨菊五本で、お生花《せいか》をいけられたの。『荘厳華』は沖縄の神様にお祈りを捧げていけたって先生が説明されたけれど、あの声明と『荘厳華』で、沖縄の哀しい英霊も慰められたんじゃないかしらって、ご一緒に行ったお友達とも話したのよ。本当に素晴らしかったわ」

おとなしい澄世だが、華道の話になると別人のように、よく喋った。

話が一段落したところで、和彦は、ピアノを弾いた時、なぜ泣いていたのか聞こうと思った。正にその時、澄世のナイフとフォークを持つ手が止まった。

「ショパンのバラード……一番だわ」とつぶやいた。和彦は言われて店内のBGMに耳をこらした。聞き覚えがあった。

「あっ、羽生結弦がショートで使ってた曲ですね。あれは本当に良かった」

やっと話を変える糸口がみつかったと喜んだ和彦は、次の瞬間に驚いた。澄世の目にみるみる涙が溢れ、頬をつたい始めた。澄世は茫然として、涙をふこうともせず、ピアノの音に聴き入っている。和彦があわてて自分のポケットからハンカチを出し、澄世の手に押しつけた。

「ごめんなさい」と、澄世は我に返って、自分のバッグからハンカチを出して涙をふき、和彦のハンカチを丁寧に両手で返した。またか……、和彦は全く面食らった。和彦はもてはするが、誠実で優しく、女を泣かせた事はなかった。目の前で、こんなにも泣く女は初めてだった。

「大丈夫ですか？」

「……」

「次はデザートとコーヒーだから、落ち着いて……」

和彦には、それ以上かける言葉がみあたらなかった。澄世は頷いて、ウェイトレスが皿をさげるのを待った。

コーヒーをすすりながら、和彦は次の言葉を探った。

「貴女はピアノに涙もろいんですか？」

「いいえ……あえて言うなら、ショパンですわ」

澄世は自分にも言い聞かせるようにキッパリと言った。これはいよいよ、わけありの女性だな、と和彦は思った。だが、不思議と不快ではなかった。むしろ興味をそそられた。

澄世のバッグからマナーモードがブルブルと鳴るのがわかった。

「ごめんなさい」

澄世はバッグを開け、携帯を出し、メールのチェックをした。ガラケーだった。和彦はまた驚いた。今時、スマホを持たないなんて、珍しい人だな。いったい幾つなんだろう？

ぽかんとしている和彦に気付き、澄世が言った。

「ガラケーでびっくりした？　可笑しいかな？　私、若い頃、新聞社で役員秘書をしてて、情報に疲れたから……私、時代についていけないの。テレビも殆ど見ないわ」

秘書だったとは、なるほど言われてみれば澄世にピッタリに思えた。二人は何となく、また会う約束をした。


七月一日（土）夕方、澄世の方から誘い、二人はビルボードライブ大阪へ行った。澄世は石丸幹二が好きらしく、今日は彼のライブだった。澄世はノースリーブの赤いドレスで現れ、和彦の意表をついた。肩から手まで、たるみのない白い腕がさらされていた。赤を着た澄世は、華やかで若々しく、けれど色気ではなく上品さをたたえていた。二人は、ステージ正面のテーブルに案内された。

「カクテル、よく知らないのでお願いします」

「カシスオレンジなんかが飲みやすいんじゃないかな？」

「じゃぁそれで」

「カシスオレンジを二つ、それから生ハムとチーズとサラダを」

　和彦がさっさと注文をした。

「貴女はクラシック好きだと思ってたから、今日は意外です。どうして石丸幹二が好きなんですか？　僕は正直、『半沢直樹』の時の浅野支店長役の悪いイメージしかなくて……」

「私はちょっと変わってるの。十年程前にＤＶＤでディズニーのアニメ『ノートルダムの鐘』を観て、カジモドに凄く共感して感動して、その役の声を石丸さんがやってたの。歌声が素晴らしくて、彼のＣＤを二枚持ってるわ」

「へぇー……。てっきり好みのタイプかと思って、ちょっと妬いてたんですが……」

「貴方の方がずっと素敵よ」

「ありがとう、お世辞でもうれしいです」

「私はお世辞は言わないわ、本当にそう思ってよ」

周りがざわつきだし、席が混んできた。カシスオレンジが来て、二人はグラスを合わせカチッと乾杯をした。ステージが始まり、石丸幹二が登場した。澄世は明るい笑顔で、拍手を送っている。『キャバレー』のメドレーで始まり、『キャッツ』の「メモリー」、『ジキル＆ハイド』の「時が来た」等、ミュージカルナンバーが次々と歌われ、彼のオリジナル曲「こもれびの庭に」「再会」等も歌われた。ラストに「マイ・ウェイ」が歌われ、彼はサックスも吹いた。澄世は終始上機嫌だった。

実は、この日、和彦は浮かない気分だった。澄世もそれをとうに察知していた。

「軽く飲み直さない？」

「ああ、いいね」

二人は、ヒルトンホテルのラウンジに入った。

「僕は水割り。貴女は？」

「私は赤ワイン」

ボーイが去ったあと、二人はクスッと笑い合った。初めて会った日と同じ注文だったのが可笑しかったからだ。

「貴女はよほど赤ワインが好きですね」

「ええ。ところで、何を悩んでるの？」

「えっ？　わかる？　まいったなぁ」

「いいから白状しなさい」

澄世はお姉さん気取りで追究した。どうやら、和彦が企画し、プレゼンも成功し、上手く運んでいる仕事が、やってもやっても上司に認められない、認められないどころか中止しろと言われている。取引先の先方も乗り気だし、絶対成功するプランなので、悔しい、何がいけないのか皆目わからない。同僚のAは大した仕事もしていないのに上司に認められ、本来、自分が行くと噂されていた部署へ、Aが栄転した。と言う仕事の悩みだった。

ジーッと聞いていた澄世が言った。

「それは嫉妬よ。ジェラシー、わかる？　あなたは有能だからこそ、蹴落とされたのよ。ここで自信をなくしたら、相手の思うつぼよ。あなたはエリートの上にハンサムで有能、それって彼らには面白くないのよ。人間て結局、嫉妬なのよ。いい？　組織で上手く泳ぐには、上司にゴマをすれとまでは言わないけど、貴方はちょっとドジで三枚目を演じないとダメね。仕事で認められたいって凄くわかるけど、貴方の場合は難しいわね。クレオパトラの鼻が低かったらの、たとえ話の逆になるけど、貴方の背が低かったら、実力で成功しやすかったと思うわ。貴方は努力家だって、私にはわかってる。でも、これから努力すればするほど、きっと叩かれると思うわ。出る杭は打たれるのよ。だからって、努力をするなって言ってるんじゃないのよ。努力する事で人は成長していくんですもの。ただ、それと同時に人間力を培うこと。貴方は人もいいし、優しくてソフトだけど、それにプラス『感謝』を常に持つようにするの。掃除のおばさんに、おはよう！　ご苦労様！　って声をかけたり、お茶を入れてくれたりコピーをとってくれた女の子に、心からありがとう！　って言ったりね。貴方が変われば、周りの貴方への見方も変わるわ。もっと言ったら、今生きてる事だって、当たり前じゃなくって有り難い事なのよ。人はみんないつか死ぬのよ……。そう思えば、袖振り合うも多生の縁で、どんな人とも出会うって凄い事だって思えるようになるわ。嫌な上司だって、平気に思えるようになれるわよ。人生の運って、人とのご縁次第よ。どれだけ、人に感謝でき、人に尽くせるか、情けは人の為ならずで、それが結局自分に返ってくるの。……あら、ごめんなさい。お説教になっちゃって」

和彦はすっかり感心して聞いていた。初めて会った時から何かちがうとは思っていたが、ただ年上と言うだけでなく、懐の深さを感じた。

「ありがとう。なんか救われました」

「いいえ。えらそうな事言って、ごめんなさい」

「澄世さんて、凄いですね」

「ちがう、ちがう、年の功よ。とにかく、自分でへこまない限り、貴方は大丈夫よ！」

「澄世さんも、嫌な事あった?」

「あった、あった、いっぱいあった。でも、ある時、一番辛かった時……まだついこの間の事だけど、その苦しみに比べたら何もかも大した事ないってわかって、全部まとめて許しちゃった。そしたら、世界が広くなったの。あぁ、私ってバカだなぁ。もっと早く人も自分も許せたら良かったのにって思ったわ。でも、生きてるうちに、全部許せて良かったって思ってるわ」

澄世はK先生の事を思った。

「ふーん……そうなんだ」

若い和彦には、澄世の言っている事が充分には理解できていなかった。それでも一緒に居ると心地いいのが自分でもよくわかった。


八月二十日(日)、二人は和歌山の白浜に来ていた。「海を見たい」と言う澄世からのメールに和彦が応え、ドライブに誘ったのだ。いいお天気で、水着姿の家族連れや若いカップルで賑わっていたが、二人は人気のない堤防沿いに車を止め、堤防に腰かけて並び、海を眺めていた。今日の澄世は、真っ白なレースのワンピースを着ていた。化粧も薄く、年齢不詳で、少女のようにも見えた。

「ありがとう。連れてきてくれて」

「どういたしまして」

「あぁ気持ちいい。海って本当に綺麗」

青い海は太陽に照らされ、キラキラと波が光っていた。水平線がどこまでも延びて、この世界の無限を表しているようだった。空には白い雲が気持ちよさそうに浮かんでいる。そこをカモメが二羽、仲良く飛んでいる。

和彦はそっと澄世の腰に手をまわしてみた。一瞬ピクッとしたが、澄世はジッと動かなかった。頃合いをみて、和彦がもう片方の手を澄世の前に回して、そのまま肩を抱き唇を奪った。また一瞬ピクッとしたが、澄世は抵抗しなかった。あっという間に和彦は澄世を両腕に抱き込んでしまいキス攻めにした。澄世の唇は柔らかく、貴方任せの心地いいキスだった。和彦はいつまでも続けていたいと思ったが、澄世が小刻みに震えているのに気付き、顔を離した。見ると、澄世は泣いていた。

「ごめん。びっくりした？」

「ううぅん、うれしいの」

そう言った澄世は、内心ファーストキスで心臓が止まりそうなのを、さとられまいと必死でこらえていた。

「ふー」とため息をつき、和彦は並んだ片手で、澄世の手をギュッと握った。柔らかい手が優しく応え、握り返してきた。二人はしばらく何も言わず、手を握り合ったまま並んでいた。和彦が引き寄せ、澄世が和彦の肩に頭をのせた。

光の降りそそぐ青い風景は、今や二人だけの世界だった。和彦は初恋の頃の少年に戻ったような気がした。澄世は自分の人生にはきっともう無いだろうと諦めていた事が起こり、これもK先生のお計らいかしら？　と、ふと思った。

どのくらい時間がたったろうか……。

「帰りましょうか」と和彦が言った。澄世も頷いた。二人は立ち上がり、和彦は澄世が堤防を降りるのを助けてやり、二人は車に乗った。

和彦は黙って運転をしていた。澄世も黙っていた。和彦は、時間が長いのか短いのかわからなくなって、ついに切りだした。

「抱きたい」

「彼女がいる人が何？　ダメよ」

「今日は抱きたい」

「……婚前交渉はしない主義なの。私は古い女だから……」

まさか!?　アラフォーで処女？　和彦はチラリと澄世を見た。ピアノを弾いていた時と同じように、姿勢が良く、真面目な横顔が美しく、キリッと前を見すえていた。

あの夏のあと、澄世はすぐに会おうとはしなかった。和彦は初めて女にじらされて、イライラした。

九月を過ぎ、十月の半ばに誘ってみたら、澄世から「入院している」と返信メールが来て、驚いて電話をかけた。

「ごめんなさい。持病の喘息がでたの」とか細い声が答えた。

十一月の始めに退院したと連絡があり、和彦はしばらく待った。十二日（日）に、やっと会えた。

「昨日、京都の大覚寺でお花の講座があって行ってきたの。滅多にない文人華を習えて楽しかったわ。もう元気よ。嵐山の紅葉が綺麗だったわ。これお土産」と、渡月橋の紅葉の絵が描かれた栞を和彦に渡した。心なしかやつれたように見え、連れ回す気になれず、その日はそのままＪＲ大阪駅で別れた。澄世はいつものように、大和路快速に乗って法隆寺へ帰って行った。和彦は神戸線に乗り、芦屋へ帰る電車の中で、澄世のくれた栞を見つめた。あの人はいったい何を求めているんだろう？　いや、ひょっとして何も求めていないのか？　他の女性とはまるでちがう……。

十二月十八日（月）、二人の忘年会をしようと夜に会って、カラオケＢＯＸへ行った。澄世はまだ喉がよくないからと言って歌わなかったが、和彦が何を歌っても、喜んで拍手をしてくれた。曲の切れ間に、澄世が言った。

「彼女って、何歳？」

「三十二歳だけど？」

「じゃぁ、もう結婚しなさい」

「まだそんな関係じゃないよ」

和彦は十月で、三十八歳になっていた。今日こそは色々と聞き出して、澄世との交際を考えている事を伝えたかったのに、出鼻をくじかれた。

急に澄世が一曲歌うと言ってリモコンを押した。

「ずっとそばにいると　あんなに言ったのに　今はひとり見てる夜空　はかない約束……」

平原綾香の「明日」だった。澄世は秘かにK先生の事を想って歌った。澄んで綺麗な高い声だった。澄世の瞳が潤んだ。和彦は澄世を抱き寄せた。抱擁を交わしたが、キスは拒まれた。

「結婚するのよ！　きっとよ」

澄世は帰り際にもハッキリとそう言った。


年が明けた。平成が最後の年、三十年は澄世にとって特別の年だった。まず、一月にいけばなインターナショナルの新年会が東京のパレスホテルであり、辻井ミカ先生が、華道界を代表してデモンストレーションをされるので、日帰りで出席する事にした。

一月十八日（木）、朝七時五十分に新大阪から、華道仲間の秋川さんと新幹線のぞみに乗り、東京に十時二十三分に着いた。パレスホテルまで歩き、会場の葵の間に入った。十一時に開会され、いけばなインターナショナルの名誉総裁、高円宮妃久子殿下と、お嬢様の絢子女王殿下がご臨席になった。高円宮妃久子殿下が壇上に立たれ、挨拶を述べられた。始めに流暢な英語でスピーチをされ、そのあと日本語で、さっきの訳を話された。

嵯峨御流は嵯峨天皇の花を愛する御心を引き継いでおり、その旧嵯峨御所大本山大覚寺は、今年記念すべき年である。一二〇〇年前、疫病がはやった時、嵯峨天皇が弘法大師のすすめにより、万民の平安を祈って般若心経を写経され、疫病が鎮まった。その年が戊戌の年だったことから、以後六十年に一度、戊戌の年に嵯峨天皇の書かれた勅封般若心経が開封される。今年は二十回目の戊戌の年で、戊戌開封法会が行われ、嵯峨御流は創流一二〇〇年を迎える。その嵯峨御流のデモンストレーションで、今年のいけばなインターナショナルが始まる事をとてもうれしく思う……。そんな内容だった。

そして、着物姿も美しく、華道家らしく凛とした辻井先生が登場され、お正月を言祝ぐよう、能の三番叟《さんばそう》を表す花を、松と桐と菊とでいけられた。辻井先生は、翁が天下泰平を祈り、鈴を振って足踏みをする様を、桐の実を鈴に見立てていると説明された。それから、嵯峨御流は毎年、皇居の歌会始めの御題に合わせ、御題花器を華務長が制作発表しており、今年の御題「語」に合わせて作られた、朱と白の台形が上下になって、上下とも花がいけられるようになっている花器が披露され、これは微妙に大きさの違う朱と白の台形が「語り合う」ように作りましたと辻井先生が説明され、その花器を三つ組み合わせて、松と紅白の牡丹を、花が語り合うようにいけられた。

秋川さんは、中学校の校長を定年退職されてから、娘時代に習った華道嵯峨御流を再び始められたお稽古仲間だった。若くにご主人を亡くされ、女手一つで息子さんを育て上げられた強い女性だった。澄世の事を、自分の教え子のように可愛がってくれ、「太って着られなくなったから」とイタリア製のシルクの上品なグレーのドレスをくれ、澄世はこの日、そのドレスを着ていた。

帰りの新幹線の中で、秋川さんとたわいのないお喋りを楽しんでいた。

「今日は、息子がいる東京まで来たから、主人と一緒に来たの」と、ふと言われた。息子さんは仕事の関係で東京で一人暮らしをしていた。

「え？　どこに？」

「ここ！」と秋川さんは、胸にかけているアンティークのロケットを見せた。ご主人の写真が入っているとのことだった。澄世は胸がジーンとした。そうか……。何十年たっても、愛する人は消えないんだ。澄世は胸がキュッと痛くなり、窓の外に目をやった。

三月三十一日（土）から四月一日（日）の二日間は、社中の七十周年記念華展が、阪急百貨店の阪急うめだホールで開催された。

華展の初日に和彦も来た。澄世は薄緑色にピンクの牡丹の花が描かれた着物に、銀糸の帯を締めていた。思えば、初めて会った日も着物姿で、牡丹の花があった。澄世はやはり着物が似合う……。ポーッとしている和彦に、澄世は自分がいけた荘厳華の説明を一生懸命にした。

「荘厳華って言うのは、真言密教の六大、つまり宇宙を構成している六つの要素、地、水、火、風、空、識を、五つの役枝《やくえだ》と中心の花で表すの。私がいけたこれは、桜を主に役枝が広がっていって、中心、懐《ふところ》って言うんだけど、ここに赤い薔薇をあしらっていけた荘厳華応用の『不二《ふに》の花』って言う花態なの」

説明の意味は簡単にはわからなかったが、和彦が観ても、桜の枝がのびのびと四方に張り出し、器の上の中央にある赤い薔薇が印象的で、上手な花だと思った。だが、もともと仏前を飾るこの荘厳華に、澄世が秘かな献花の心を込めた事は知るよしもなかった。

澄世は会場をずっと案内してくれた。

「これが景色いけと言って、嵯峨御流にしかない花態なの。深山の景、森林の景、野辺の景、池水の景、沼沢の景、河川の景、海浜の景と七景つながってるでしょ？　深山からずーっと海へと水が流れて、また雨や霧になって深山に水が出来、また流れていく……こうした水の流れを映しとって、水の流れの連続性を表現しているの。水は命の源だから、この水の流れの繰り返しの中に命の循環があって、嵯峨御流はいけばなを通して、水の大切さ、命の大切さ、そして自然の環境保全を訴えているのよ」と熱っぽく語った。

とても盛大な華展で、人も大勢来て盛況で、澄世は色んな人から声をかけられ忙しそうだったので、和彦は一通り観て帰って行った。

四月八日（日）、昼下がり、この春は変な気候で、桜が早くに咲いてしまい、あっと言う間に散ってしまっていた。

和彦が人に誘われ会員になった堂島の中央電気倶楽部の喫茶室で二人は会った。煉瓦作りのレトロな建物が、澄世の雰囲気に合うと思って選んだ場所だった。和彦は、絵里との結婚に実感がわかなかった。それより、仕事の悩みや色んな事を話せる澄世が、一緒に居て心が安らぐ特別な存在になっていた。

「年下で頼りなく思うだろうけど、僕は貴女と真剣に交際がしたいです」

「……」

「僕のこと、どう思ってますか？」

澄世は硬く沈黙した。しばらくうつむいていた澄世は、意を決したように顔を上げ、意外な告白をした。

「私ね、乳癌と子宮癌を切ってね……子供が産めないの」

和彦はびっくりした。澄世からは、そんな過去があったような影は微塵も感じられなかったからだ。しばらく考えて、和彦が言った。

「子供なんて、別にいいじゃないですか。それより、僕は貴女のことが好きです」

「ありがとう。お気持ちだけで充分うれしいわ。でもね、私、貴方が思ってるより、ずっとおばさんなのよ。恥ずかしくて黙ってたけれど、私、五十一なの」

和彦はまた驚いた。え？　……アラフィフ？　信じられなかった。

「貴方は将来のある方だから、彼女と結婚してちょうだい」

「……」

「もう会わないわ……。この一年、夢を見させてくれてありがとう。幸せだったわ」

そう言って、澄世はバッグから携帯を取り出し、和彦の目の前で、和彦の電話とメールの着信拒否設定をし、次に電話帳画面から、和彦のところを削除した。和彦は頭の中が真っ白になった。

「貴方は、私にとって、神様からのプレゼントだったの。初めて会った時から、そう思ってたわ」

澄世が立ち上がった。和彦もつられて立ち上がった。澄世は微笑んで右手を出した。和彦はその手に応えた。

「ありがとう……。今日はお花祭りね。きっといいことがあるわ」

握手を離して、澄世は立ち去って行った。

電気倶楽部を出て、西梅田の地下道への階段を下りはじめた時、澄世はとうとうむせび泣いた。階段を上ってすれ違って行く人が、怪訝そうに見て、通り過ぎて行った。

二

澄世には青春がなかった。八歳の時に肺炎にかかり生死をさまよい、命だけはとりとめたが、その後ずっと病弱だった。肺炎の時の事は、前半しか覚えていない。風邪だと思い風邪薬を飲んでいるのに一向によくならず、そのうち四十度を超す熱が続き、薬を吐き出すようになり、小児科の病院をたらい回しにされた。結局、父の親友のつてを頼り、町の小さな富田外科に、やっと入院できた。幼い澄世は注射が嫌だったが、息があまりに苦しいので、早く楽になれるならと思い、自分から「ちゅうしゃをしてください」と先生に腕を出したのを覚えている。そこからは、もう気を失った。周りの話によると、病院の前を通ると、二階の病室の窓から、澄世のゼーゼーと喘ぐ息の音が聞こえたという。

澄世が気がついたのは、十一月の始めで、入院してからひと月後だった。ぼんやり目をあけると、白い天井がまぶしく見えた。そばに居た看護婦に「澄世ちゃん!?」と呼びかけ体を揺すられ、パチリと目を開いた。看護婦が跳んで出て廊下を走って行った。

先生がニッコリと覗き込まれ、母がジッと澄世を見つめ手を握り、その横で父が喜びのあまり泣いていた。一つ上の兄は学校に行っていていなかった。

「澄世ちゃん、どう?」と富田先生が言ったので、何が何だかわからないけれど、自分の体の感覚をあちこち確かめてみた。左耳がカッと熱かった。手で耳をさわってみると、何かベトベトと汁がついた。先生が「中耳炎です。高熱で鼓膜が破れたんでしょう」と両親に説明した。看護婦に助けられ、ベッドに座った。湯の入ったたらいが出され、手を洗ったら、白い粉がいっぱい浮いた。垢だった。次に「立ってみようか?」と言われ、足にスリッパを履かせてもらい、床に足をつけ、ベッドから立った。みんなが見守り、喜んでいるのがわかったが、二、三歩歩き出しただけで、よろめいてパタンと倒れた。澄世は自分に大変な事が起こったのだと、やっと理解した。

澄世が苦しがって、酸素マスクを手ではずすので、富田先生は小さな個人医院にもかかわらず、澄世を助ける為に、酸素テントを導入し、酸素ボンベを何本も使ってくれ、夜も殆ど付きっきりで寝ておられなかったと聞いた。澄世が診察室まで歩けるようになった時、富田先生は胸のレントゲン写真を見せてくれ「真っ白でしょ! 肺炎、マイコプラズマでした」と言われた。澄世は(マイコプラズマ、マイコプラズマ……)と心の中で繰り返し、自分を苦しめた相手を覚えておこうと思った。

見舞いに来た叔母が「澄世ちゃん、よう助かったなぁ。死ぬところやったんよ。澄世ちゃん、お花畑でも見た?」とニコニコしながら言った。のんきなこの叔母の言葉をきっかけに、澄世は思い沈むようになった。

（死ぬ？　死ぬって、どういうこと？　この世界からいなくなるって……）
頭がグルグル同じ問いを繰り返し、澄世は気が沈んだ。

退院して学校に復学したが、しょっちゅう酷い喘息発作を繰り返し、その度に富田外科へ駆け込み、入院をした。左耳の耳だれも止まらなかった。富田先生が、大きいT病院へ紹介状を書いてくれ、そこの呼吸器内科へ行くとアレルギー検査を受け、減感作療法をするようにと、富田外科への手紙をもらった。耳鼻科では、左耳の鼓膜が完全に破れているので、すぐ手術をするようにと言われた。でも、鼓膜が破れなかったら、きっと脳炎になっていたので、幸いだったとも言われた。澄世が怖がったので、手術は高校まで先延ばしにしてもらい、点耳薬をもらってしのぐ事になった。
富田外科へは、毎週、減感作の注射に通った。息がすぐ切れるので体育の時間は見学をした。運動会もずっと見学だった。五年生の冬には腰まわりにヘルペスを発病し、酷い痛みに耐え、正月明けまで長い入院をした。

中学へあがって、生理がはじまった。小児喘息だから治るかもしれないと言われていたように、生理がはじまった頃から、喘息の発作は減った。だが、足の裏にアトピー性皮膚炎が出始め、皮が剥け、血がにじんで痛くて歩けなくなり、皮膚科でもらうテーピングで、何とか歩いて通学した。内向的な性格の澄世は出不精になり、一層内にこもるようになった。好きだったピアノのレッスンにも行かなくなった。でも、元来ピアノが好きな澄世は、当時はやっていたリチャード・クレイダーマンの譜面を買い、「愛しのクリスティーヌ」や「渚のアデリーヌ」等の曲を、我流でよく弾き、自分の世界に浸っていた。

喘息も治ったわけではなく、生理の前になると、きまって喉がゼーゼーと喘鳴がし、呼吸が苦しくなり、酷い時は富田外科へ行って点滴を受けた。

澄世は成績はいい方だったが、勉強にまるで関心がいかなかった。それより、『いつか死ぬ』と言う事についてばかり考え、全く勉強をしなかった。あとから思えば、ノイローゼだったのだと思われる。そのうち、『死ぬとは、生まれる前に還るだけのこと、怖くはない！』と一応の決着をつけた。十二歳の夏だった。

三年生になって、担任の教師が家庭訪問に来て、意外な提案をした。欠席の多い澄世には、公立高校ではなく、私学の女子校がいいと言う勧めだった。大阪・阿倍野にある古い伝統のある仏教系のO女子高校、ここへなら推薦だけで受かると言った。

仏教系のO女子高校では、毎朝朝礼があり、儀式歌を合唱し、仏陀の説法を伝えたものとされる法句経を唱え、バッハの『G線上のアリア』を聴き、黙祷をした。週に一度、宗教の時間もあった。教師でお坊さんの先生が担当し、生徒の殆どは退屈そうだった。

「人は亡くなっても、四十九日間は、この世とあの世の境目にいるんです。だから、あの世に成仏できるように、四十九日に法要をしてあげるんです」

こんな話を、澄世は関心を持って聴いた。

「先生は、お釈迦様のいらしたインドへ行ってきました。子供達が裸足でね、でもみんな一生懸命に生きている。道には牛の糞があちこち落ちている。でも、感動しました。みんなも機会があったら、是非インドへ行ってみて下さい」

この言葉が、何故か澄世の心に残った。

澄世は箏曲部に入った。もともと音楽が好きだった澄世は、ピアノだけでなく、日本の楽器にも触れてみたかったのだ。「さくらさくら」「ロバサン」等、簡単な曲から習った。澄世は早く「春の海」が弾けるようになりたくて、クラブ活動だけは頑張った。足裏のアトピーは酷くなるばかりで、喘息も治らず、やはり学校は休みがちだった。

一年生、二年生と同じクラスになった佐紀と澄世は仲良くなった。二年生の秋、北海道へ修学旅行へ行き、佐紀と同室で過ごし、親交をあたため合った。以後、三十年あまりも付き合う親友になろうとは、この頃は思いもかけなかった。

高校でも勉強は全くしなかった。そのままエスカレーター式に、O女子大学の国文学科へ進んだ。成績のいい佐紀は、当時、競争率の高かった短大の方へ進学した。

大学時代も、相変わらず足裏のアトピーと喘息に悩まされ、休みがちだった。素直な澄世は、母親の勧めで、将来の為のたしなみにと、茶道と華道のクラブに所属した。これが嵯峨御流との出逢いだった。

バブルの真っ只中で、周りは合コンやディスコと浮かれていたが、体力もなく、地味な澄世には縁がなかった。欠席が多く、単位はギリギリだったが、近世文学のゼミを専攻し、井原西鶴を研究し書いた卒論「好色五人女考」が認められ、学会誌に掲載される事になり、自分の足跡を残せる事を、澄世は心からうれしく思った。

卒業の頃、父親の事業が傾いた。澄世の父は、大阪・柏原の旧家の長男に生まれ、大きな葡萄畑があり、昔は河内ワインも造っていた地主の家に育ったが、戦後の農地解放で、土地を守るために、旧制中学をあがると、大学進学を断念させられ、農業を継いでいた。澄世の祖父は、農業のかたわら地元の学校の校長を務め、その後、教育委員を歴任し、その功績から、昭和天皇から勲六等 瑞寶章を賜った。その長男である父は、次第にすたる農業をやめ、大手家電メーカーの下請け工場の経営者に転身し、高度経済成長期は羽振りが良かったが、時代とともに衰退し、もう、じり貧だった。

また、この頃、足のくるぶしの関節炎をきっかけに富田外科へかかったところ、澄世の足裏の酷いアトピーを診て、富田先生が「大丈夫、治してあげる」と薬をくれ、その薬を飲んだところ、たちまちに治ってしまった。長らく皮膚科にしかかかっていなかった事を、澄世は後悔しながらも、これで自分も就職して働ける！　と心から喜んだ。これがステロイドだった事は、四年後に知った。

家計を助けようと、澄世は大学の就職相談室で、あちこちの会社の求人を目を皿のようにして調べた。給料のいいところをと探した。どこもだいたい月十五万円だった。電気機器メーカーのS社が目にとまった。「女性のみ採用。ショールームアテンダント業務。月給十八万円。賞与八十万円。」とあった。澄世は、ここへ行きたいと強く思った。

一般常識と英語の筆記試験、それと面接試験があった。澄世の願いは叶い、S社に受かった。平成元年、卒業するとすぐに、東京の品川のホテルに缶詰にされ、研修を受けた。澄世は生まれて初めての上京だった。銀座にあるS社のショールームを見学し、先輩の話を聞いた。

帰阪すると、大阪の心斎橋にあるS社のショールームに配置された。習ったように、美しく立ち、口角を上げて微笑み、客の案内をした。朝は遅く出勤し、夜は七時を過ぎる勤務体制で、とにかく一日の殆どが立ち仕事で、澄世にはきつかった。疲れて息苦しくなると、関係者だけが出入りするバックルームへ入り、こっそり喘息の吸入メプチンエアーを吸った。有給休暇は全部使った。

同僚は派手なタイプが殆どで、澄世は完全に浮いていた。皆、ルイ・ヴィトンかシャネルのバッグで通勤しており、ブランド品と男の話をした。澄世はブランド品は何も持っておらず、給料の殆どを家に入れていた。皆、大学時代からとっくに彼氏がいて、それでも合コンを楽しんでいた。澄世が彼氏歴がないと言うと、皆がもの珍しそうに距離をおいて接した。澄世は毎日が仕事だけで体力的に精一杯なので、合コンには行かなかった。ここは社員と言っても、一年契約の更新制だった。殆どが三年ほどで、結婚退職して行った。

三年目の年、一九九一年は、モーツァルトの没後二〇〇年だった。音楽好きで、クラシックも一通り知っている澄世は、ひらめくものがあり、イベントの企画を書き提出した。アテンダントが企画するイベントは初めての事だと言われたが、『S社製スピーカーで聴く、モーツァルト没後二〇〇年』の企画は採用された。東京本社からスピーカーのエンジニア達が来阪し、イベントが行われた。澄世はMCを担当し、マイクの前に立ち、イベントの司会進行を行った。そのイベントの二日目、バックルームに置いてあったイベントで使うＣＤが一枚なくなった。エンジニアの一人が予備のＣＤを持っていたので、事なきを得たが……。イベントが終わってみると、なくなったはずのＣＤが、元に戻っていた。

澄世は体にきつかった事と、石の上にも三年頑張ったので、結婚退職ではないが、次の年の更新をしなかった。

「イベントで、ＣＤもなくなったりしたからね……」と課長は言い、引き留めなかった。

音響が常にあるショールームにいたせいか、澄世の左耳は難聴が悪化し、時にめまいがした。高校までと先延ばしにしていた手術は、結局まだしていなかったが、もう限界だった。

平成四年、二十五歳の夏、Ｔ病院に入院し、手術を受ける事になった。その時、飲んでいる薬のチェックがあり、富田外科でもらっている薬をみせた途端、医者が言った。

「すぐに飲むのを止めなさい！　いったい、どのくらいの期間飲んでいましたか？」

「えーっと、四年くらいです」

「これはステロイドですよ！　副作用が恐い薬なんです。とにかく、もう飲まないように！」

そうは言われたが、足裏がまたアトピーになったら、どうしよう……と澄世はそっちの方を恐れた。

手術説明によると、無くなった鼓膜は、こめかみの筋膜をとって作り、炎症で溶けて無くなった耳小骨は、セラミックで作るとの事だった。凄い事が出来るものだと、澄世は人ごとのように感心した。局所麻酔だったので、起きており、耳に麻酔の注射を打たれるのも、メスで切って耳を引っぱられるのも、一部始終がわかった。骨を削っているのか、ガンガンと工事現場のような音がして辛く、ずいぶん長いように感じた。

術後説明を受けると、切ってみると、中耳に真珠腫が出来ており、想定外の事で、それを除去する為に手術時間が長くなったと言われた。真珠腫なんて、何だか美しい名前の病気だな、と澄世は思った。術後、食事をしたら、舌の左半分の味覚がなくなっており、びっくりして、医者に言ったら、耳を切ると味覚の神経も切れる事があり、ひと月もすればつながり、味覚は戻るから心配ないと言われた。実際、ひと月を過ぎた頃から、味覚は戻った。

とにかく、長年患っていた慢性中耳炎だけでも解決し、良かったと思った。それに、ステロイドを止めたが、もう足裏のアトピーは出ず、その事を澄世は何より喜んだ。鼓膜が出来たおかげで、風がスースー頭へ入る感じはしなくなったが、聴力はあまり戻らなかった。

秋になって、職を探していると、S銀行に勤めている佐紀が、知り合いの紹介だと勧めてくれ、おかげで、澄世は放送会社M社のアルバイトを始めた。編成局の管理部に配置され、ワープロを打ったり、書類をあちこちの部へ持って行かされたり、雑務のアシスタント業務だった。局長や次長は紳士的だったが、隣りと向かいの席に座っている二人の男は、露骨にエッチな話をしたり、澄世をからかったりした。どこの部署も、アルバイト女性の扱いは同じ様に思われた。契約期間は半年だった。雇用保険の事もあるので、半年は我慢して働こうと決めた。ただ、半年の後、また半年は更新でき、一年で本当に満了になるらしかった。そうすると、他社の放送会社へ斡旋してもらい、またそこで、半年、一年と働き、契約が満了すると、また他社の放送会社へ……と言うのが、お決まりのパターンで、そういう女性達を「渡り鳥」と言うのだと聞いた。澄世は、女を馬鹿にしている！渡り鳥なんて絶対に嫌だと思った。自分は絶対に半年こっきりで辞めると決めて働いた。

当時の世間は、女性の適齢期にうるさく、二十四歳をクリスマスケーキに例えて、二十五歳を過ぎると、売れ残りの叩き売りと揶揄された。二十五歳の澄世は、結婚しようにも、したい相手がいなかったし、誰とでも出来るものではないと思っていた。

疲れやすくはあるが、体調は以前よりずっとましだったし、家庭事情の為にも、澄世はとにかく正社員になって、いい稼ぎがしたかった。M社内を観察していて、秘書の女性が一目置かれている事に気付き、秘書になろうと決めた。決めたらすぐ実行する澄世は、秘書検定の勉強を始めた。M社の半年が過ぎ、澄世は退社した。

雑誌「とらばーゆ」や新聞で、秘書の求人を探した。平成五年五月のある朝、S新聞の朝刊の求人欄を見ていて、目が釘付けになった。「S新聞社 大阪本社 役員秘書募集。短大卒以上、二十五歳以下、正社員雇用。」澄世は二十六歳になっていた。しかし、どうしても諦める気になれなかった。書かれてある人事部へ電話をし、募集人数を聞くと、一人だと言われた。狭き門だ……。しかし、自分はS社のショールームの仕事で接遇マナーを培ったし、M社で、テレビと新聞のちがいはあるにせよ、マスコミの空気を知っているし、事務も経験した、行くしかない！　と澄世は思った。履歴書を書き、写真を貼り、生年月日を正直に書き、年齢の欄には「二十五歳」と偽りを書いて、投函した。

程なく、書類審査を通ったとの知らせが届いた。喜ぶと同時に、指定された自己PR文の作成に力を注ぎ、面接の日を待った。

面接の日、ボブカットの髪をとかし、きっちりと化粧をし、青いスーツを着た。スカートは膝丈で、白のパンプスに白のバッグを持ち、清潔感を心がけた。新聞社へ足を踏み入れるなど初めての事で、ドキドキし、緊張した。受付に言うと、人事部の男性が来て、古びた廊下を歩き、控え室に案内された。先に一人いて、澄世は二人目だった。あと三人が来て、五人になったところで、さっきの男性が「では」と面接室の方へ、五人を先導した。

面接は、来た順に一人ずつだった。澄世は二番目に呼ばれ、中へ入った。大きな会議室で、向かい側に面接官の男性が四人並んで座っていた。澄世は落ち着いて一礼し、椅子に腰かけた。まず、先に提出した自己PR文に基づき、色々と質問を受け、冷静に答えた。質疑応答が終わったかと思われた時、右から二人目の眼光の鋭い恰幅のいい男が言った。

「ところで、君。生年月日から計算すると、年齢が合わないんじゃないですか？」

澄世は、来た！　と思ったが、ここでひるんでは、元も子もないと思い息を整えた。

「はい。申し訳ございません。私は、ただいま二十六歳です。ですが、一つぐらいの事で、諦めたくはなく、二十五歳と書いて、応募をさせて頂きました。その点はお許し下さい。私は、御社の新聞を子供の頃から読んで育ちました。その事にご縁を感じております。また、自己PR文にも書かせて頂きましたように、卒論を学会誌に掲載されましたように、物事をコツコツと積み上げて行く事を得意とします。秘書と言う正確さを必要とする仕事に自分は向いていると思っております。また、長らくショールームの仕事も経験して参りまして、細やかな気配りなど、女性の特性を生かす事も得意と致します。よって、秘書職を強く希望しております。どうぞ、よろしくお願い致します」と頭を下げた。

「君。もし、秘書になったとしたら、最低三年はやってもらわないと困るけれど、結婚の予定とか、大丈夫ですか？」

さっきの男の左隣りのメガネの男が言った。

「はい！　全く予定はございませんので、大丈夫です」

澄世は胸をはって言った。一同がドッと笑った。

「では、結果は後日に」

右端の細面の男が仕切り、面接は終わった。澄世は立ち上がり、深々と丁寧にお辞儀をし、部屋を出た。廊下では、残り三人が息を殺して座っていた。

数日後、採用の知らせが届いた。健康診断を受け、問診で喘息はふせておき、あとの簡単な手続きはすぐ終わった。初出社すると、すぐに引き継ぎが始まった。秘書室は、男性の秘書室長と、メインの女性とサブの女性の三人だけだった。メインの女性が結婚退職するので、澄世が中途採用されたのだった。引き継ぎは二日間だけだった。あとは室長に聞いてやっていけと言う事だった。サブの女性は、グループ会社からの派遣社員だった。

社内は放送会社と同様、社員の女性は少なく、事務の女性は、おおかたがアルバイトや派遣社員だった。そこへ澄世は、いきなり正社員で、皆が憧れる秘書のメインに抜擢された。応募は三百人を超えていたと言う。面接官は、秘書室長と、編集局長と、総務局長と、人事部長だった。澄世に年齢の事を言ったのは、総務局長だった。後から聞いた話では、澄世は満場一致で選ばれたらしかった。そんな澄世に、社内の女性達の空気は冷ややかだった。どこの会社でも女性だけのネットワークがあるものだが、澄世は、始めから蚊帳の外だった。

入社して二年目の平成七年一月十七日（火）、阪神・淡路大震災が起こった。澄世の住む奈良県は殆ど被害が無かったが、大阪代表S専務の住む兵庫県あたりは大変な事になっていた。澄世は連日、買い出しに行かされ、帰りも連日遅くなった。編集局は毎日、熱気が溢れていた。

その翌々年、神戸で少年による悲惨な殺人事件が起きた。編集局長が毎日、代表室へ駆け込んで来て、見出しや内容を報告していた。この頃から、疲れがとれないようになり、澄世はこっそり、会社の近くのホテルに泊まり込み、ブラウスだけ着替えて出社し、やっと毎日の仕事をこなしていた。つぶさに入る報道の最前線にいて、澄世は疲れ、情報に触れる度に心が痛かった。人間関係も孤立していた。そのうち、眠れなくなった。十日ほど、眠れぬ日々を送って、とうとう病院へ行くと、心療内科を紹介された。

会社近くのK病院の心療内科へ行った。白髪で長髪のメガネがキリッと似合うD先生は静かにはっきりと言った。

「あなたは鬱病です。休養が必要です」

「……」

澄世は何故かわからないが涙が溢れ出た。しゃくり上げて泣いた。

「すぐ休みをとりなさい。今から診断書を書きますから、いいですか、会社を休むんですよ」

D先生は、澄世を納得させ、落ち着かせるように静かに話した。

澄世は二週間の休職願いを出した。始め、抗鬱薬のテトラミドと睡眠薬のアモバンが出された。飲むと体がだるく重くなり辛いのだが、そのうち眠れるようになった。薬は色々と変わり、段々と増えていった。カウンセリングには、忙しくてなかなか行けなかった。行ったとしても、自分が惨めで、人間関係の悩みをちゃんと話せなかった。

澄世は三十歳になった。相変わらず、毎日は忙しかった。しかし、それが救いでもあった。閉塞感を感じる秘書室で、忙しくでもなければ澄世は堪えられなかっただろう。友人達は、既に二十九歳で駆け込み婚をし、今や大晦日婚をしていた。佐紀も三十一歳で、結婚した。澄世には彼氏の影も形も無かった。仕事だけだった。喘息の発作とまではいかないが、ゼーゼーと息切れがよくし、その度にロッカーへ行って、こっそりメプチンエアーの吸入を吸った。孤独感で胸が苦しくなると、時々、そっと屋上へ行って泣いた。そして、呼吸を整えて、また秘書室へ戻った。自分でも不思議と、仕事だけはミスなくこなしていた。澄世は心身の限界を感じていた。このペースでいくと、きっと四十歳くらいで死ぬだろうと思った。今や、むしろそれでいいと思っていた。子供の頃から『死』について悩んできた澄世には、いつも『死』が近くに感じられた。それで、出来るだけ、この世界について、早く多くを知りたいと思っていた。奇遇にもマスコミに身を置き、歳の割には早くに、世の中の成り立ちを推し量る事が出来た。

S新聞社のビル内には、Sホールがあり、そこで毎年、美輪明宏のコンサートがあった。澄世は美輪明宏のファンだった。「双頭の鷲」や「黒蜥蜴」の舞台を観、コンサートへは毎年行った。彼の美意識の溢れる舞台と、愛の世界観に惹かれ、コンサートで語られる話が好きだった。ある時、Sホールの支配人から、またコンサートに来る美輪明宏の話を聞き、澄世はサインが欲しいと頼んだ。気のいい支配人はすぐに手配をしてくれた。書いてもらった色紙を受け取ると、そこには金色の文字で『慈悲』と書かれていた。慈悲……。澄世は胸の中で深く考えた。今の自分に必要な、とても大切な響きを胸の奥に感じた。帰って、額に入れ、ベッドからよく見える壁の上の方に掛けた。毎日、それを見て眠り、目覚めては、それを見て一日を過ごした。以後ずっと、この額と共に過ごす事となった。

時代は二十一世紀になった。澄世の体はもはやボロボロだった。首根っこに五寸釘が刺さっているような激痛があり、腰がだるく痛く、口内には直径一センチくらいのアフタ性口内炎が頬や舌に幾つも出来、頭皮から鼻にかけては吹き出物だらけだった。とにかく血圧が低く、朝が起きあがれなくなった。平成十三年五月、体調不良の為、澄世は三十四歳で、S新聞社を退職した。八年勤めた間には、大阪代表は二人に仕え、秘書室長は交代し四人と仕事をした。退職して、何とも言えない空虚感に襲われた。つくづく思った。澄世は仕事が好きだった、と言うより、仕事を愛していたのだと。辞めて、その事に気が付いた。

様々な症状に悩まされる中でも、血圧が最悪だった。上が五十から上がらず、下は三十ほどだった。病院を転々とし、色々な検査を受けた。結局T病院で、朝一番の採血で診る検査を受け、コルチゾール値が低すぎると言われ、検査入院をした。

平成十七年夏、澄世は三十八歳だった。コルチゾールとは、生体にとって必須のホルモンで、朝に大量に分泌され、それによって活動が出来、夕方以降には分泌量が下降するものらしかった。澄世のような場合、難病のアジソン病の疑いがあった。しかし、入院し、検査を受けた結果、アジソン病ではなかった。若い医者が言った。

「口内炎は頻発していますが、ベーチェット病でもありません。喘息と言い、様々な症状は膠原病に近いと思われます。と言って、膠原病ではありません。膠原病の一歩手前です」

「病名は？」

「ありません」

「では、治療は？」

「膠原病ならステロイドを使いますが、そうではないので、治療は何もありません」

「えっ⁉　このまま暮らせって言う事ですか？」

「そうです。慣れるように過ごして下さい」

「……」

それで終わりだった。

澄世は絶望した。こんなにも酷い体と、どう付き合えと言うのか⁉　仕事も出来ない、もちろん結婚も出来ない、どう生きろと言うのか！　澄世は天に聞きたかった。

そのうち、声が全く出なくなった。平成十八年春、澄世は三十九歳になっていた。また

K病院の心療内科のD先生にかかった。

「声も出ないって言うでしょ。そう言う心境なんです。ゆっくり休みなさい」

そう言われて、K病院に入院した。入院中、口のきけない澄世は、病室で、ひたすら花の絵を描いた。花が好きな澄世は、机にいつも花を飾り、枯れる別れが淋しくて、絵に描き残そうと思ったのがきっかけだった。絵筆を持ったのは中学生以来だと思われたが、不思議と筆がすすんだ。何枚も何枚も、花の絵がスケッチブックに描かれていった。

そんな澄世に、病棟で友達が出来た。六十歳、肝臓癌末期の森山恵子だった。廊下やトイレで顔を合わせ、会釈するだけだったのが、話しかけられる様になり、いつしか一緒に、花壇がある屋上へ散歩するようになった。失声症の澄世は、もっぱら聞き役だった。それが恵子には良かったのかもしれない。ある日、屋上のベンチに二人で腰かけていて、恵子が言った。

「私にはね、貴女くらいの歳の娘がいてね、結婚して東京にいるの。……心も遠いの」

「……」

「私、離婚してね……一人暮らしなの。職場でも孤立しててね、淋しくて……」

澄世は自分の事と重ね合わせて、恵子の心情をおもんばかった。

「……鬱でね。私もD先生にかかってた。……もう自殺しようって思ってね……」

「……」

「死に場所も決めてたの。それが、癌で死ぬの！　可笑しいでしょ？」

自嘲するように言い、空を見上げた恵子の瞳から涙がこぼれた。澄世は、この人を、こんな孤独のまま死なせてはいけない！　と思った。澄世は、地下の売店で折紙を買い、鶴を折り始めた。毎日毎日、鶴を折った。千羽になり、糸に通し、出来上がった千羽鶴を、恵子のベッドの天井に吊した。恵子は澄世に抱きついて喜んでくれた。だが、実のところ、救われたのは澄世の方だった。鶴を折っている間、澄世は自分の心の闇と対峙せずに済んだのだ。恵子が言った。

「貴女も癌よ！　ちゃんと調べなさい！」

三ヶ月たって、澄世は退院した。声は何とかかすれ声が出るようになっていた。D先生の指示で、整形外科にかかったところ、頸椎症と腰椎すべり症が判明した。また、皮膚科にも回してもらい、抗生物質を出され飲んだところ、頭皮から鼻にかけての吹き出物が治った。同じく皮膚科で、ビタミン剤ももらって飲みだして、口内炎も治まってきた。

そんな頃、左胸がチクッ、チクッ、と痛む事が気になりだした。心臓？　と思ったりしたが、いや、そんなに深くない……乳癌？　その時、恵子の言葉がひっかかり、澄世は、K病院の乳腺外科のS先生を受診した。

「しこりですか？」

「いえ、しこりはわかりません。ただ左胸がチクチク痛いんです」

「癌は痛くないですよ。痛くてわかったら誰も苦労しないです」

「そうですね……」

「まっ、調べましょう」

そんなやりとりの後、触診とマンモグラフィーとエコーの検査を受けた。S先生は、それらの結果を診た上で、左右両胸に三ヶ所しこりが有ると言い、注射器を胸に刺し、何やら吸い取った。一週間後、結果を聞きに行くと、細胞診の結果は、良性だが、五段階の三なので、より詳しく調べると言い、今度は麻酔をし、組織診の為、三ミリほどの太い針で、何やら取り出した。血がかなり出たので、澄世は目をつむったままで、看護師に拭き取ってもらった。しこりは、それぞれ一センチくらいだと言われた。

また、一週間後に結果を聞きに行った。S先生は待ちかまえていたように、穏やかに言った。

「癌です。しかし、DCIS、つまり非浸潤性乳管癌の0期です。良かったですね」

「……乳癌ですか？」

「はい、でも早期ですから、今手術すれば助かります」

S先生は断言した。

「セカンドオピニオンって、聞いた事あるんですが……」

「いいですよ。では、紹介状を書きます」

澄世は、まさかの結果を聞き、かなりショックを受けていた。帰り、電車の中で、乳癌なんだ……と何度も自分に確認し、それでも頭がボーッとした。ふと、今日って、え？六月二十七日……Fさんの祥月命日だ！　と気付き、びっくりし、泣きそうになった。Fさんとは、S新聞社の司馬遼太郎の担当として知られた編集記者で、澄世にエッセイを書く事を勧めてくれ、紙面に載せてくれた人だった。だが、肝臓癌で気付いた時は遅く、あっと言う間に二十一世紀を前にして亡くなったのだった。その時、澄世は大変なショックを受け、命日を忘れずにいた。

S新聞社に近い書店で、よく会い、挨拶をしていたら、ある日、話しかけられた。

「本、好きなんだね」

「はい……」

「書いたりするの？」

「……日記をずっとつけています……」

「じゃぁ、エッセイ書いてみて！」

その後、原稿を持って行くようになった。

「いいね。もっと書いて！」

そう言ってもらい、うれしくて、三百字のエッセイを持って行き、何十篇か、採用され、掲載してもらった。名前は「佳」と言うペンネームにし、内緒にしてもらっていた。社内で孤独だった澄世にとって、Fさんは師でありオアシスのような存在だった。

法隆寺に着き、家に帰る道をトボトボと歩きだして、ふと立ち止まり、足元を見た。その時、曇っていた空の雲間からスッと光が差し、澄世の足元が照らされた。四つ葉のクローバーが目にくっきりと飛び込んできた。えっ？　と思い、しゃがんで見ると、道端にやっぱり四つ葉のクローバーがあった。澄世は摘んで手にとり、しっかりと持ち、立ち上がり、それを見つめながら歩いた。そう言えば、Fさんに最後に贈ったのは、必死で探して見つけた四つ葉のクローバーを貼り付けた葉書だったのを思いだした。どうして、そうしたのかは、エッセイに四つ葉のクローバーの事を書いた事があったからだった。

「楯見君、頑張れよ！」

Ｆさんの声が、澄世の心に聞こえた。

Ｓ新聞社　関西版夕刊　エッセイ「あした元気にな～れ」一九九八年三月十九日
「四つ葉のクローバー」

堀辰雄の『風立ちぬ』を久しぶりに読み直そうとページをめくっていたら、なにかがハラリと落ちた。四つ葉のクローバーだった。茶色に変色していて、さわればくずれてしまいそうだが、それでも四つの葉をちゃんととどめている。

そういえば、むかし四つ葉のクローバーさがしに夢中になっていたことがある。公園でさがしはじめ、気づいたら夕方になっていたこともあった。簡単にみつからないから、摘み取ったときの喜びは格別だった。家に持ち帰ると押し葉にして友だちにプレゼントしたりした。

「風立ちぬ。いざ生きめやも……」

堀辰雄の小説に四つ葉のクローバーをはさむなんていかにも少女っぽいな、と思いながら、それでも大事に元のページに戻した。（佳）

澄世は、大阪の中心部にあるA病院へ、セカンドオピニオンを聞きに行った。結果は同じだった。

手術は乳房温存手術と言い、癌の部分だけを取り、その部分に詰め物をするので、乳房はなくならないとの説明だった。それで、癌なのだから早い方がいいと思い、K病院のS先生に手術の予約を取った。術前のMR検査を受けた後、S先生が言った。

「癌は左に二ヶ所、右に一ヶ所ですが、手術してみたら、細かいものが広がっている事もあります。その場合は、乳房を全部取る事もあります。万一ですが、一応そう言う事も了解しておいて下さい」

澄世は、頭を殴られたみたいな気がした。麻酔から目覚めて、乳房が無くなっている事もあるなんて、絶対に嫌だ！　万一と言われたが、医者まかせで、乳房が無くなる事も了解するなんて自分には無理だと思った。澄世はK病院に電話し、入院手術の予定をキャンセルした。そしてD先生のカウンセリングを受けた。

「キャンセルしたって！　あなた、癌ですよ！」

「ええ、わかっています。死ねばいいんです」

「……」

「S新聞社にいた時から、私は四十で死ぬって予感していましたから、いいんです」

「……セカンドオピニオンだけでなく、サードオピニオンも受けたらどうですか？」

「……」

「京都だけど、乳癌専門で有名なC先生がいて、確か開業されていますよ」

D先生は親身に言われた。


澄世は、両親と一緒に、そのC先生を訪ねて、京都まで行った。初老のC先生は、乳房温存手術の権威だった。C医院へ行くと、まず改めてマンモグラフィーを撮られた。技師がこれでもかと言うくらい乳房を圧迫し、澄世は失神しそうになった。C先生は他の検査は何もせず、あとは触診だけだった。寝台に横になり、胸を触診された。

「はい、いいですよ」

澄世は上着を着た。

「MRなんか診たら、色々写って、惑わされるだけなんです。これで充分わかります」

「……」

「はっきり言います。貴女の胸は小さいから、温存手術をしたら、必ず変形します」

「変形？」

「そうです。温存手術の後は、放射線をするから、それで焼けて変形するんです。お乳の大きい人はいいけど、こんなに小ぶりだと、絶対変形します」

「どうすればいいんですか？」

「私の娘だったら、乳腺の全摘出手術をさせますね。その後、一年後でも、腕のいい形成外科医にシリコンを入れてもらえば、お乳の見た目は元通りだ」

「先生、よろしくお願いします！」

父が早々と頼んだ。澄世は押し黙っていた。母も娘の心を読んで黙っていた。診察室を出た。看護師が予約の事を聞いたが、澄世は後日に連絡すると言い、即答しなかった。帰り、C医院の前から三人でタクシーに乗った。タクシーの中で、澄世はジッと考えていた。胸の形が損なわれないのはいいが、二度切るのは嫌だと思った。切って乳腺を出して、その時にシリコンを入れれば、手術は一度で済むはずだ……。そうだ、K病院には、日本一腕がいいと噂の高い形成外科医で有名なT先生がいらっしゃる！　きっと何とかなるはずだ。澄世は一縷の望みを感じた。


K病院へ行き、S先生に澄世は自分の考えを言った。

「当院で前例はないが……。T先生に聞いてみて下さい」と言われた。

澄世はT先生を受診した。

「ええ。出来ますよ！　日本ではあまりやっていないですが、乳房同時再建手術と言って、アメリカでは当たり前にやっています。やりましょう！」と明るく請け負ってもらえた。澄世は自分の素人の発想が、アメリカではやっていると言われ、これなら手術を受けようと思った。T先生が、澄世の胸を診て、最新のシリコンのインプラントを輸入しておくと言われ、その入荷に合わせ、手術の日程が決まった。

信心深い兄に言われ、入院の前に、がん封じで有名な、奈良市にある大安寺へ家族で行き、ご祈祷を受けた。お札と撫で守りを頂いた。

八月二十一日（月）入院し、翌日が手術だった。入院して、S先生に呼ばれ、エコーを受けた。ゼリー状のものを塗られ、両胸のあちこちを何度もこすられた。勝手に感じ、乳首が立ち、恥ずかしく悲しかった。

「マーキングしますね」と言われ、S先生は胸にマジックで幾つか丸印を書いた。寝間着の襟を合わせ、身仕舞いをただし、澄世は部屋に戻った。誰にも見せず、触れられた事もないまま、明日手術をする自分のお乳に、澄世は「ごめんね……」と言った。そして、その晩、オンオンと泣いた。

手術は、S先生が切って乳腺を摘出し、T先生がシリコンのインプラントを入れて縫うという、同時再建手術だった。手術は無事成功した。麻酔から目覚めると、両胸に重い痛みを感じたが、見ると胸のふくらみがあったので、乳房の喪失感はなかった。術後すぐは、乳首が真っ黒になっており心配したが、ステロイド剤のリンデロンを毎日塗ってもらっていたら、二週間後にシャワーをした時、ビラリと一皮剥け、綺麗なピンク色の乳首が顔を出した。その日、S先生から乳腺の病理結果を聞かされ、非浸潤で乳管から癌は出ていなかったと言われた。術中のセンチネルリンパ節生検でも、癌の転移はなかったと、それで、S先生は、化学療法はいらないと言った。澄世は自分がラッキーな事につくづく感謝した。その二日後、澄世は退院した。

澄世は術後経過の通院の時、病棟へ行き、恵子を見舞った。

「恵子さん。私、乳癌だったんだけど、手術して、おかげで無事だったの。ありがとう」

「ダメよ！　安心しちゃダメ！　もっと調べて！」

やせ細った恵子は、思いもかけず厳しい顔で、そう叱った。澄世は不安を感じながら、帰った。そう言えば、入院中、ある看護師が言った。

「楯見さんみたいに、若くて乳癌になる人は、子宮癌になる確率も高いんですよ」

「えっ？」

「それも、普通の検査でわかる子宮癌じゃなくて、子宮体癌って言って、特に先生に言わないとしてもらえない検査が必要なんです」

「どういう事？」

「普通の検査は子宮頸癌の検査なんです。でも、その癌じゃなくて、子宮体癌の検査をしなくちゃ意味がないんです」

そう言われ、まさかと不安に思ったが、恵子にダメよ！　と言われ、また不安になった。

三

辛く長かった夏が過ぎ、澄世は四十歳になった。両脇の傷のテーピングも、T先生に、もう貼らなくていいと言われ、ホッとし、落ち着いた。

十一月末、D先生のカウンセリングに通院し、病棟へ行くと、恵子はいなかった。詰め所で、看護師長に聞くと、つい少し前に亡くなったと言われた。澄世は涙が溢れ出た。看護師長があわてて、澄世を空いていたミーティングルームへ連れ込んだ。聞くと、娘さんも来られ、静かに安らかに旅立たれたとの事だった。また、恵子は生前に献体を申し出ており、そうしたと言う事だった。澄世は胸にぽっかり穴が空いたような気がした。そして、尚更、遺言のように恵子が言った言葉が重くのしかかった。

相変わらず、体調は良くなかったが、それより、心の不安が大きくなっていた。婦人科など、行った事がなかったし、行きたくもなかったが、今やハッキリさせるしかなかった。不安なまま年を越すのは嫌だと思い、澄世はやっと十二月にK病院の婦人科へ行った。

十二月十八日（月）、受付で、子宮癌の検査を、特に子宮体癌の検査もお願いしたいと言った。問診票が渡され、乳癌を切った事や生理が順調な事などを記入し、渡した。診てくれるのは部長のK先生だと言われ、その診察室の前で待った。時間が長く感じられた。一人、二人、と順番に呼ばれ、入り、出てきた。年輩の婦人もいれば、妊婦もいた。しばらくして、ドアの向こうから声がした。

「楯見さん」

「はい」

澄世は引き戸を開け、中へ入った。髪をきっちり七・三に分けた五十五、六歳の医者らしい落ち着いた雰囲気のK先生が机の向こうに座っていた。

「どうぞ」と促され、緊張している澄世は、おどおどと椅子に腰かけた。

「乳癌を手術されて……子宮癌の検査をされたいんですね？」

「はい」

「生理は順調で……不正出血もない……」

問診票を見ながらK先生は独り言のように言った。

「これでも、検査をしていいですか？」

K先生は、机の上に澄世が書いた問診票を出し、性交渉……あり・なしの、なしに丸を付けているところを指差して、聞いた。

「出血したり、痛いと思いますが……いいですか？」

続けて聞かれた。K先生の黒目がちな瞳が心配そうに澄世を見つめた。澄世は一瞬考えたが、意味がよくわからず、癌が心配だったし、どんな検査か想像もつかなかった。

「ちゃんと調べて頂きたいですから、おまかせします」と答えた。

「じゃぁ、隣りの部屋へ」とK先生に言われ、一旦また廊下へ出て、隣りのドアを開けて中へ入った。

「鍵をかけて、脱いだら、タオルを膝にかけて下さい」と看護師が言った。なるほど、中から鍵をかけるようになっており、澄世は鍵をかけた。脱衣用のかごがあり、ストッキングを脱ぎ、パンティを脱いで、そこへ入れた。サンダルが置いてあり、それを履いて、内診台の椅子の方へ行った。椅子を見て、澄世は怖じ気づいた。両足を開脚して固定されるようになっていた。スカートをまくり上げ、そこに恐る恐る足を開いて座り、膝にタオルをのせた。ドキドキして、頭はクラクラしていた。

「いいですか？」

Ｋ先生がカーテンの向こうから聞いた。

「はい……」

澄世は小さな声で答えた。椅子が動きだし、回りながら上にあがった。背もたれが後ろに倒れ、椅子は止まった。お腹の前にはカーテンがあり、その向こうに裸の下半身がさらされていた。澄世は恥ずかしさで、失神しそうだった。カーテンの向こうで、Ｋ先生が看護師に何やら指示していた。

「楽にしてて下さい。力をぬいて……」

Ｋ先生がそう言うや、冷たく硬い何かが、澄世の陰部に触れたと思ううちに、グーッと奥へ入ってきて、押し開けられる感覚があった。

「いた！　痛い！　いたっ！　……」

そのあと、何かキリッと走る激痛がきた。

「あぁ！　いた、うぅ……」

澄世は小さな声をあげて泣きじゃくってしまった。脳天にまで激痛が走った。

「大丈夫ですか？」

カーテンごしにK先生の声がした。

「……はい……」

澄世は椅子の肘かけをつかんで、痛みに耐えて小さな声で言った。澄世の目尻には涙がつたっていた。……終わった。ショックと痛みで澄世はガクガクと震えていた。

「服を着たら、また診察室へ来て下さい」

看護師がそう言い、ナプキンを渡して出て行った。澄世はまだ震えていた。ナプキンをあてると血がついていた。

靴を履き、鍵を開け、内診室を出て、診察室に入った。K先生が心配そうに立っていた。スラッと背が高かった。

「痛かったね」

K先生は、澄世を思いやった。

澄世は泣きそうなのを必死でこらえていた。

「結果は来週です。二十五日の十時で予約しておきますね。……歩けますか?」

澄世は無言で頷いて、診察室を出た。

歩こうにも、股間が痛く、頭がフラフラして、周りがよく見えなかった。どこをどう歩いたのか、福島の駅へ行けず、道が違ってしまった。そのままソロソロと歩き続け、なんとか大阪駅にたどり着き、快速電車に乗った。家に帰り、自室に入るなり、ワーッと泣いた。

二十五日（月）十時に、結果を聞きにK病院の婦人科へ行った。すぐに呼ばれた。

「子宮頸癌は問題ないです。子宮体癌ですが……Ⅲbで、擬陽性でした。子宮内膜に異形細胞があります。MR画像を診ると子宮筋腫も大きいですし、もう四十歳ですから、子宮摘出をしましょう」

K先生は、ソフトな声で物静かに、けれど大変な事をハッキリと澄世に言った。思いもしない結果に、澄世は愕然とした。澄世はこわばり、悲痛な顔をして聞いた。

「……癌なんですか？」

「おそらく早期です」

K先生は、検査結果の用紙を澄世に渡した。Ⅰ、Ⅱ、Ⅲa、Ⅲb、Ⅳ、Ⅴと並んで書かれてあり、Ⅲbに丸がしてあった。細胞診のクラス分けで、Ⅳ、Ⅴなら、ほぼ癌だと書かれていた。

「……子宮を取るんですか？」

「そうです」

「普通は縦に切りますが、傷が目立たないように、横に綺麗に切ってあげます」と、K先生は自信ありげに言った。

「嫌です！　擬陽性と仰ったじゃないですか！」

澄世は自分でも驚くほど、強く反発して言った。

「でも、もう四十ですから」

K先生が、また年齢の事を口にした。澄世は心の中で、まだ、四十よ！　と叫んだ。

「わかりました。では、今日もう一度、検査してその結果を診て判断されたらどうですか？」

「……」

澄世は黙って頷いた。

「では、隣へ」とK先生は、スッと立ち上がって、澄世に言った。

子宮癌には、子宮頸癌と子宮体癌の二つがあった。一般的な子宮頸癌の検査は、膣を綿棒でこそげるだけの検査だった。だが、そもそも性交渉のない女性はかかる事がないのを、澄世は調べてあとで知った。男性器に付着しているヒトパピローマウイルス（HPV）というウイルスの感染から起こる癌だった。それとはちがい、子宮体癌は乳癌との関連を指摘されている癌で、検査は、子宮内膜の細胞を採取する痛みを伴うものだった。自分でも、よくあの拷問のような検査を、またする気になったものだと、澄世はあとから、つくづく思った。二度目も、やはり酷い痛みだった。結果は年明けだった。どうか、Ⅰでありますように！　澄世は祈った。自分の処女を奪ったK先生を憎らしく思った。

平成十九年一月五日(金)、K病院の婦人科へ結果を聞きに行った。

K先生は、澄世に検査結果の用紙を渡した。

「Ⅲｂでした」

「……」

澄世は泣きたかった。

「子宮摘出手術をしましょう」

「……嫌です！」

澄世はハッキリと言った。

「それなら、せめて三ヶ月毎に検査して、経過観察をしましょう」

澄世はもう、怒りと悲しみでいっぱいだった。K先生の事が大嫌いになっていた。

「失礼します」

澄世はそう言って、診察室を出た。

その足で、心療内科のD先生を受診した。

「もう嫌です！　……」

澄世は泣いた。

「K先生はベテランだけど、貴女にはきつかったかな？　女医さんもいるから、今度、女医さんに診てもらったらどう？　僕から言っておいてあげるから、そうしなさい」

D先生にそう言われ、次の週、若い女医の診察を受けた。

「悩まれてるんですね。癌かどうか確定診断するために、子宮内膜全面掻爬をしたらどうですか？　下半身麻酔をしますから、痛くないですし」

女医はあっさり言った。

えっ？　澄世は少し考えて、ゾッとした。そんな、堕胎みたいな検査をするなんて、死んだ方がましだ！　そう思った。

「先生。セカンドオピニオンをさせて下さい」

「いいですよ、では書きますので、待ち合いで待ってて下さい」

受付に呼ばれ、手紙とプレパラートと、MR画像の入った大きな袋を渡された。

澄世はネットで調べて、横浜の方のS病院のB先生が、女医で婦人科医として有名な事を知り、横浜まで行った。ショートカットの髪で、インテリっぽいB先生は、手紙を読み、資料を診て言った。

「あなた、志願したんだから切りなさい！」

その一言だった。

帰りの新幹線の中で、澄世は怒りと悲しみでいっぱいだった。志願したですって⁉ なんて言いざまなの！ 酷すぎる！ 誰よりも手厳しかったB先生の言葉に、澄世は大きなショックを受けた。そして、決意した。もう二度と婦人科へは行かない！ と。乳癌が助かったと思ったら、子宮癌だなんて！ 結局、私は死ぬんだわ！ いいわ！ 人はどうせいつか死ぬのよ！ 早いか遅いかだけだわ！ 死ぬ日まで生きればいいのよ！ 恐ろしい覚悟だった。

両親と兄は、澄世の決心に賛同しなかった。母は言った。

「命が大事だから、切ってちょうだい」

澄世はもう何も言いたくなかった。親戚の叔父がマンションを経営している事を思いだし、借りられる部屋はないかと相談をした。叔父は、江坂に新しい賃貸のマンションを建てたところだと言い、案内してくれた。七階建てのこぢんまりした綺麗なワンルームマンションで、江坂の駅に五分と近く、地下鉄の御堂筋線一本で大阪へ出られた。オートロックでセキュリティもしっかりしているので、そこに決めた。澄世は高いところは苦手なので、一番下の階、二階の部屋を借りる事にした。家出の理由は聞かれなかった。

三月に、澄世は貯金をおろし、ベッドと冷蔵庫と電子レンジを買い、あっという間に引っ越してしまった。テレビも新聞も欲しくなかった。全てから逃避して独りになりたかった。そうして、小さな台所で、体にいいものを研究して、朝はリンゴとニンジンを擦って食べた。体を温める為に、毎日、半身浴もした。けれど、何を見ても、何をしても空しかった。月日の感覚がわからなくなった。

ある日、ひょいと部屋を出たが、何も目的はなかった。駅前まで歩き、駅前のビジネスホテルの前で、ふと足を止めた。何となくホテルへ入った。チェックインに「坂田千代子」と偽名を書いた。部屋へ入り、何となく洗面台へ行き、置いてあるカミソリを手にとった。鏡を見たら、誰だか知らない女がいた。洗面所を出て、ベッドルームに入り、化粧台の机の椅子に座った。正面に鏡があったが、やっぱり知らない女がいた。澄世は袋を破ってカミソリを出した。そして、右手に持ち、ジッと見つめた。次に左手の手首をジッと見た。時が止まったように、澄世はそのまま動かなかった。どれくらい時間がたったのだろうか？　澄世は、ふと、手前の引き出しを開けてみようと思った。カミソリを机に置き、引き出しを開けた。仏典が入っていた。手にとり、パラパラとめくった。

法句経があった。

「心はさわぎ、動揺し、まもり難く、抑え難い。賢者はこれを直くすること、あたかも矢師が矢を直くするが如くである」

「眠れない人には夜は長く、疲れた人には一里の道も長い。正しい真理をさとらない愚か者には輪廻（まよい）が長い」

「戦場において百万人に打ち勝つよりも、己れ一人に打勝つものこそ、実に最上の戦勝者である」

「美しく飾られた王車も必ず朽ち、肉体もまた老いる。だが善人の法は老いることがない」

「自己こそ自己の主である。いかなる主が他にあろうか。自己のよく制御せられた時、人は得がたい主を得たのである」

「われは悩める人々の中にあって、悩みなく大いに楽しく生きよう。われは悩める人々の中にあって、悩みなく生活しよう」

……澄世の頬を涙がつたった。高校の朝礼で、これらを唱えた頃を想い出した。私は何をしようとしていたのか!? 私は生きねばならない。……澄世は我に返った。顔をあげ、鏡を見たら、泣いている自分の顔があった。涙をふき、深呼吸をして、椅子から立ち、部屋を出た。チェックアウトをすると、フロントの男が怪訝そうに澄世を見ていた。

澄世はホテルを出て、通りの道を、初めての道のように思って歩いた。目に入る何もかもが、新鮮だった。すれ違う人、誰もが生き生きと見えた。澄世はマンションの部屋へ帰った。


澄世は、情報は疲れるのでパソコンはいらなかったが、DVDプレーヤーを買った。そして、レンタルビデオショップへ行き、ディズニー・アニメを何枚も借りた。自分には今、夢が必要だと思ったのだ。部屋へ戻り、観はじめた。『シンデレラ』『白雪姫』『ダンボ』……。どれを観ても、期待したほど、気持ちは高まらなかった。

そして『ノートルダムの鐘』を観た時、音楽と物語に引き込まれた。ノートルダム大聖堂の鐘突き塔に、一人孤独に生きる醜いせむし男のカジモドが、自分と同じに思われた。フランスの文豪ヴィクトル・ユーゴーが原作のこの物語に、澄世は共感し、感動の涙を流した。二度観た。また泣いた。三度、四度……何度も観た。

冒頭で石丸幹二が歌う「僕の願い」のシーンに、心が震えた。

高い鐘突き塔に、ひとりぼっちで暮らす孤独なカジモドが、一日だけでいいから、みんなのいる街へ出かけてみたい。そして、みんなと一緒に過ごしたい。朝の光を浴びたい。それが叶うなら他には何も望まない。と切々と歌い上げる切ないシーンに、澄世は共感し、心揺さぶられ、感動の涙を流した。観る度に涙が溢れた。

澄世はこのＤＶＤを購入し、毎日観た。

生理は順調だった。澄世は毎晩、子宮の辺りを「癌、消えろ！　癌、消えろ！」とさすって寝た。Ｄ先生にもらっている睡眠薬のおかげで、夜は眠れた。そのうち、癌は消えたと思えるようになった。いや、思い込みたかった。そして、そのうち子宮癌の事を考えないようにした。生きられる日まで生きる、それでいいと思っていた。

気がすんで、澄世はマンションを解約し、年末に、実家へ帰った。

平成二十年正月は、家族と過ごした。もう、誰も澄世の子宮癌については言わなかった。皆が、ともかく生きている澄世と一緒に居ることを喜んでくれた。澄世も家族に感謝した。

春が来て、澄世は、自分は花が好きな事を生かしたいと思いたち、大学時代にクラブで習った嵯峨御流のいけばなを、もう一度習おうと思った。大阪の文化センターで、習える事を知り、一日体験を申し込んだ。

三月十一日（火）、一時、教室へ行き、一日体験を受ける事にした。

辻井ミカ先生とご挨拶をし、先生が名刺を下さった。澄世は病気をして、病室で花に心を慰められた事から、昔習った嵯峨御流を再び始めたいのだと話した。花材は、万作、ストック、薔薇、タマシダ、の盛花だった。楽しかった。辻井先生に丁寧に教わり、水際を綺麗にいける嵯峨御流の良さを、再認識した。帰り、すぐさま教室の入会申込をした。

澄世はカウンセリングを受けながら、花と共に生きた。夏には、檜扇のお生花を習い、秋には万年青をいけ、冬には水仙をいけた。花をいける時、無心になれた。毎週、色々な花をいけ、玄関は毎日、澄世のいけた花でいい香りがした。


ある日、澄世は不思議な夢を見て目が覚めた。

澄世は自分をコマだと思っていた。しかも、糸の上を渡っている……。集中力で回っていた。でも、減速してきて、グラグラと不安定になって、下に落ちるのが怖くてたまらなかった。……とうとう力つきて落ちた。コマは止まり、時間も止まったように、暗く、孤独だった。……しかし、それでも、これも『生』であり、意味があるのだと自分に言いきかせていた。……すると、ふっと、あたたかな大きな掌が現れ、澄世をヒョイと乗せてくれ『今は回らなくていい。休みなさい。心配しなくとも、時が来れば、私が回してあげる』とさとしてくれた。澄世は大きな安心感に抱かれた。今は『花の中』に入れてもらい、休んでいるのだと思った。……そんな不思議な心地の夢だった。

平成二十一年の春になって、兄が信州の善光寺で、七年に一度の御開帳をしているから、お参りに行こうと言いだした。澄世の子宮癌を心配しての事だと、すぐにわかった。澄世はあまり乗り気ではなかった。だが、兄がどうしても行こうときかなかった。結局、牛に引かれてではないが、兄に引かれて善光寺参りをする事になった。

四月二十五日（土）、兄の車で、家族四人で、信州へ向かった。その日は、長野市の門前町に泊まっただけで、翌朝、早朝に善光寺にお参りした。朝六時に、尼公上人が来られ、お数珠頂戴をして頂けると言うので、参拝者は皆、参道の脇へ一列にずらっと並んで待っていた。澄世も両親と兄と一緒に待った。六時になり、赤い傘をきせかけられた尼公上人がお出ましになった。列の端の人から順に、垂れた一人一人の頭に、手にされたお数珠で撫でて通って行かれる。澄世の頭にもお数珠を頂戴した。何だか胸が熱くなった。

本堂正面に高々と立てられた回向柱《えこうばしら》に触れた時も、自然と涙がこぼれた。澄世は（助けて下さい！）と心で叫んだ。本堂の内々陣に入り、ご祈祷を受けた時も、御厨子の幕が上がった瞬間、中にいらっしゃる仏様に祈りが通じた気がし、有り難かった。お前立ちの阿弥陀如来とその両脇の、観音菩薩と、勢至菩薩を拝み、本堂を出た。境内をあちこちまわり、大本願へ入った時、兄が朱印帳を買ってくれ、澄世は御朱印を頂いた。

兄は帰りに、飯田市の元善光寺へも連れて行ってくれ、両参りができた。元善光寺には面白い数え唄の札が建っていた。

一（ひ）さかたの光あふるる信濃路を
二（ふ）しぎなご縁にみちびかれ
三（み）んなそろってお詣りしたら
四（よ）そでは得られぬご利益を
五（い）つもいっぱいいただいて
六（む）かしも今も変わらずに
七（な）むあみだぶつと唱えつつ
八（や）っと詣れた元善光寺
九（こ）こに詣りてありがたや
十（と）わの幸せ願いつつ

善光寺参りから帰ってから、兄にもらった朱印帳が有り難く思われ、澄世は今更のように、地元の法隆寺へも参った。世界遺産のこの寺のお膝元に住みながら、いつでも行けると、おろそかにしていた。金堂と五重塔をまわり、聖霊院にお参りし、御朱印を頂いた。法隆寺の東隣りにある中宮寺へも参った。国宝の菩薩半跏像を拝み、そのお姿の何とも言えない美しさに心が和まされた。そうして、奈良のお寺をお参りする中でも、がん封じで有名な大安寺は、特に安堵させて頂けるお寺だった。乳癌の時もここでご祈祷をして頂き、無事だったのだ。聞いてみると、岡山や、名古屋や、東京など、全国から、癌に苦しむ人々がお参りしているようだった。

平成二十二年春、澄世は華道嵯峨御流の師範を授かった。学生時代に奥伝まで頂いていたので、進級が早かった。澄世は何より、生きて、好きな花の道で師範までになれた事が本当にうれしかった。子宮の不安は抱えたままだったが、それでも、花があるから、前向きに毎日を送れていた。

この頃から、佐紀との交流も復活した。佐紀はS銀行を寿退社してすぐ、ご主人の仕事の関係で熊本へ行ったので、年賀状のやりとりしかしておらず、澄世が江坂へ行って交流が途絶えていた。それが急に気になり連絡をしてみたら、少し前に離婚して、大阪の堺へ帰っていたのだった。澄世に連絡したいと思いつつ、離婚の事が言いづらく、連絡できなかったと言われた。ともかく、二人は再会し、お互いのこれまであった苦難を話し合い、驚き、共感し合った。佐紀には子供はいなかった。どういうわけで離婚になったか、詳しくは聞けなかったが、佐紀のように、綺麗で、賢く、気遣いのできる女性が、なぜ幸せになれないのか、澄世はつくづく、世の中は不条理だと思った。再会をきっかけに、二人は度々メールや電話で近況を報告し合い、お互いなくてはならない関係になった。

佐紀は、澄世がS新聞社に勤めていた三十歳の夏、ヨーロッパのロマンティック街道の旅に誘ってくれ、一緒に行った仲だった。その頃、仕事も忙しく体調も悪かったが、有給休暇を使って、佐紀とならと思い切って、初めての海外旅行をしたのだった。

再会をしたこの年の十一月、二人は久しぶりに、一緒に台湾へ四日間の旅行をした。台北の占い横丁へ行き、それぞれみてもらった。澄世は三十五歳まで、家の犠牲でしたね、と言われた。その頃まで、家計のために働いていたので、当たっているなと思った。佐紀は、これからまた結婚運があるとの事だった。澄世はうれしく、密かに楽しみとする事にした。

平成二十三年三月十一日（金）、東日本大震災が起こった。福島の原発事故まで起こり、未曾有の大災害となった。澄世は、連日の報道を避けるようにしていた。自分が、S新聞社にいた頃の、阪神・淡路大震災の時の新聞社内の激しい熱気がトラウマになっており、報道を見ると、フラッシュバックが起こり苦しかったのだ。心にストレスがかかり、過呼吸発作を起こし苦しんだ。発作が起こると、ハッハッと激しく吐くばかりで、息がうまく吸えず、何十分も苦しんだ。そんな時は、D先生から出されている頓服薬のコンスタンを飲んだ。澄世には、ただ花をいけ、鎮魂し、一日も早い復興の祈りを捧げる事しかできなかった。嵯峨御流の総司所 大覚寺はいち早く、支援の声をあげていた。

この年の夏過ぎ、久々に喘息の発作で、澄世は近くの救急病院にかかった。その時、乳癌以降の事情を話すと、親切な内科医のE先生は、採血だけでもしておこうと言われた。その時の採血結果については、まぁ大丈夫だろうとの事だったが、念の為、十月末にもう一度採血をするようにと言われた。

十月二十四日（月）採血をし、翌週三十一日（月）に結果を聞きに行った。すると、E先生が顔色を変えて言った。

「婦人科の腫瘍マーカーが、CA19が三三〇で、CA125が一五七です。どちらも、正常は二桁です。三桁なんて、これは完全に異常です。もう、婦人科へ行かないと駄目ですよ！　僕、紹介状を書きますから、N病院の婦人科へ必ず行ってください」

澄世は、とうとう来たか……と覚悟をした。また、そう言われた翌々日に、不正出血があった。初めての事だった。澄世は本気で覚悟を決めた。四十五歳になっていた。年齢的にもう諦められるようになっていた。何より、華道で師範にもなれた。今や、叶うものなら、生きたかった。花の道で生きていきたい。手遅れでない事を祈るばかりだった。


十一月十五日（火）、N病院の婦人科へ行った。ずいぶん待たされた。銀縁メガネの優男の医者は、E先生の紹介状を読み、澄世が持って行った五年前のK病院のプレパラートとMR画像の袋は診ようともせず、開口一番に言った。

「内診をし癌の検査をしましょう」

澄世はもう決めて来た通り言った。

「内診は絶対に受けません」

「あなた、癌ですよ!?」

「だとしたら、先生はどうされますか？」

「手術です」

「わかっています。手術を受けます。どうせ取るんですから、内診は必要ないんじゃないですか？」

「……そうですか。じゃ、手術をします」

「どんな手術ですか？」

「子宮も卵巣もリンパも取ります」

「卵巣とリンパもですか？」

「はい」

「どう切るんですか？」

「縦に十五センチ切ります」

「縦に？　……横には切れませんか？」

「いいえ、縦です」

「十五センチもですか？」

「はい。では手術をされるので、内診はせずにおきます。今日、手術前の採血をして帰って下さい」

畳み込まれるように診察は終わった。看護師に言われるまま、採血をされた。十本も血を採られた。入院の予約や、色々と待たされ、夕方遅くになった。外へ出ると、秋の日は釣瓶落としで、とっぷり日が暮れ、暗くなっていた。澄世の気持ちも暗かった。

翌日、澄世は両親と大安寺へお参りに行った。お堂でお祈りをして、帰ろうと門をくぐった時だった。澄世は突然、自分でも信じられない事を思いついた。K病院のK先生に戻ろう！　天からの啓示のように、そう気付いた。

四

十一月十七日（木）、朝一番に、K病院の婦人科の受診受付をした。婦人科の受付では、特にK先生をとお願いした。セカンドオピニオンの際に渡されていたプレパラートとMR画像の入った袋を返し、五年前の横浜のS病院の女医B先生からの返事の手紙を渡した。澄世は考えていた。リンパなんて取ったら、下手をすると車椅子になってしまう。それに、卵巣を取ったら、すぐに更年期障害になってしまう。生きていても、クオリティーが低かったら意味がない。できれば切りたくない。それに、傷は横に綺麗に切って欲しい！　K先生は五年前、横に切ると言われた。これは賭けだが、自分の納得する手術を受けたい。その為に、大嫌いなK先生のところへ自分は戻って来たのだ！

「楯見さん」

診察室から呼ばれた。

「はい」

澄世は診察室に入った。

「お久しぶりです。よろしくお願い致します」

「婦人科へは行かれてなかったんですか⁉」

Ｋ先生はＢ先生からの五年前の返事の手紙を開け、読みながら、目を見開き、澄世にそう言った。

「はい。先日、内科で採血をしてもらったら、婦人科の腫瘍マーカーが三桁だったんです」

「生理周期でも、腫瘍マーカーが上がる事はありますよ」

「もう四十五歳になりましたし、筋腫もありますから、子宮摘出の手術をお願いします」

「今まで生きておられたのだから、癌ではないかもしれませんよ。内診をしましょう」

「いえ、もう切って下さい。もう取るので、内診はしないで下さい」

「そうですか……」

Ｋ先生はあきらめ顔をした。

「Ｋ先生、横に切って下さいますよね？」

「は？　あぁ、でも、外は横に切っても、中でもう一回、縦に切るので、二回切る事になり、縦より横の方が痛いですよ」

「痛くてもかまいません。横に綺麗に切って下さい」

「わかりました。……ちょっと混んでいるので、手術は年明けになりますね」

「結構です。お願いします」

「じゃぁ、術前に、MRをして、心電図、採血、X線などをしてもらいましょう……手術は……」

K先生はスケジュール表を見た。

「最短で、来年一月の十一日の水曜ですが、いいですか？」

「ありがとうございます。よろしくお願いします」

「MRは……早くて今月の二十九日の火曜ですね。いいですか？」

「はい。よろしくお願いします」

「では、十二月八日の木曜に、心電図と採血とX線をして、四時に結果を話しましょう。予約を入れていいですか？」

「はい。お願いします」

看護師が、出て待つようにと促した。澄世はK先生に深々とお辞儀をし、診察室を出た。K先生も、軽い会釈を返した。いったい全く、なんて女性なんだろうと、K先生は思った。


翌日、またK病院へ行き、心療内科のD先生を受診した。

「昨日、K先生に、手術をお願いしてきました」

「K先生？　嫌なんじゃなかったの？」

「いいんです。綺麗に切ってくれる人なら、それでいいんです。それに、調べたら、今のK病院の婦人科は、婦人科だけになって、産科はなくなったので、病棟で妊婦さんに会わずにすみますから」

澄世は調べて知った大事な理由も述べた。

「そこまで考えていたんですか……」

D先生は黙られた。

「年明けに入院しますので、お薬の事、よろしくお願い致します」

澄世は頭を下げ、診察室を出た。

二十九日（火）、昼過ぎに、K病院で、澄世はMR検査を受けた。検査室の横のガラスの窓越しにK先生が見えた。検査に立ち会って下さったのだった。検査がおわって、廊下へ出たら、K先生の姿はもう見えなかった。

その日の夕方、澄世は佐紀と阿倍野のＨｏｏｐで食事をした。佐紀は澄世の話を聞き、涙ぐんだ。

「澄世、よく決心したね。えらいよ」

「ううぅん、大した事ないよ」

「何もしてあげられなくて、ごめんね」

「そんな事ないよ。いつもありがとう。今日だって、ありがとう」

「手術の無事を祈ってるよ。がんばってね！」

「うん。ありがとう」

あとはたわいのない話しをして、食後のケーキを食べに喫茶店へ行き、いつものようにお喋りを楽しんだ。

帰って、澄世は辻井先生に手紙を書いた。来年の一月二十八日（土）、二十九日（日）は、社中の五年に一度の大きな華展があり、澄世も申し込んでいたが、子宮の手術を受けるので、参加できなくなった。残念で申し訳ありません、とつづった。澄世は本当に残念に思った。

十二月八日（木）、三時にK病院へ行き、術前検査の心電図、採血、X線を受け、四時に婦人科へ行った。

「楯見さん」

「はい」

澄世は診察室に入った。

「先週のMRの結果ですが、子宮の筋腫がかなり大きくなっていますね。それから、右の卵巣に卵巣嚢腫があります。これは、よくできるもので良性です」

「そうですか……」

「手術ですが、子宮を筋腫とも取って、卵巣は嚢腫だけ取りましょう。卵巣を取ってしまうと、更年期障害がすぐ起こるので、まだ四十五歳ですし、取らずにおきましょう」

K先生は澄世の心を読んでいるかのように言った。澄世はまだ四十五歳と言われうれしかった。

「ありがとうございます。……K先生、横に切って下さいますよね？」

「ええ、わかっていますよ」

K先生は微笑まれた。

「では、あとは麻酔科の説明を受けに来て下さい」

「先生。お腹を切ると出血も多くて、時には輸血もするらしいですけれど、私、HＩVが恐いので、自己血貯血をして頂けませんか？」

澄世は調べた情報から、お願いをした。

「ええ、いいですよ。では、麻酔科に来てもらう日に、ここへも来てもらい、血を採りましょう」

「ありがとうございます」

「えーっと、二十六日の月曜で、いいですか？」

「はい」

「では、その時に」

澄世は、卵巣もリンパも取らない事に、ホッとした。やっぱりK先生に戻って良かったと思った。

K先生は、子宮癌の早期を告げてから五年も来ず、来たと思ったら、内診は拒否し、横に切れと言い、自己血貯血まで調べて来た澄世に感心し、こんな患者は初めてだ。今度こそ、ちゃんと切ってあげようと思った。

澄世は、この月の十八日に生理が来た。来月十一日には子宮摘出するから、おそらく最後の生理だった。覚悟したはずなのに、心が揺らいだ。苦しく悲しくなった。せいせいするつもりだったのに、往生際が悪いなと情けなく思った。お腹に手をあて「ちゃんと生かしてあげなくて、ごめんなさいね」と子宮に謝った。

二十六日（月）、麻酔科で説明を受けた。麻酔で眠り、人工呼吸器を付ける説明までは、乳癌の時と同じだったが、もう一つ説明があった。硬膜外麻酔と言って、背骨の腰のあたりに注射を刺し、数日間、そこから麻酔が入るようにするのだと言われた。腹部の手術は、そうしないと耐えられないほど痛いと言うことだった。澄世は少し不安になった。

その後、婦人科へ行き、自己血貯血の為、血を採った。澄世は献血を何度もしており、それと同じような感じだった。途中、K先生が来られ、横になっている澄世の胸を開け、聴診器をあてた。今や澄世は、かつて大嫌いだったK先生に、全てを任せていた。

そのあと、心療内科へ行き、D先生を受診した。
「貴女のことは、K先生に言っといたよ」
D先生がニッコリして言われた。
「ありがとうございます。私、五年も逃げて、子宮を切るのに、ボーヴォワールの『第二の性』を読んでみたいと思ってるんです」と澄世はつい最近に考えた事を言った。

「どこへやったかなぁ。僕も読んだけど、あれ、長いよ」

D先生は胸の前で腕を組んだ。

「入院、二週間ほどありますから、その間に読みます」

「あまり悩まないようにね」

D先生はまたニコッと笑った。


三十日（金）の朝、澄世は一人で、梅田ガーデンシネマへ出かけた。映画『サルトルとボーヴォワール 哲学と愛』を観るためだった。まだ本を読んだ事はなかったが、澄世はボーヴォワールに関心を持っていた。子宮を切るという今、女性とは何かとつくづく考えていた。半世紀も前に『第二の性』を書いたこの女性哲学者の事を知りたかった。調べたら、丁度、映画をやっていたので、出かけたのだった。映画によると、サルトルとボーヴォワールは契約結婚をしたが、サルトルは奔放に他の女性とも関係を持った。それに対し、ボーヴォワールはレズビアンの関係は持ったが、男性はサルトルだけだった。澄世はボーヴォワールのその気持ちがわかる気がした。『第二の性』は書店に聞いたら、もう絶版になっており、ネットで探し、東京の神田の古書店から取り寄せる事になった。入院には間に合いそうだった。

平成二十四年、静かな正月だった。澄世にとって、こんなにも晴れやかな気持ちで迎える正月は久しぶりだった。子宮摘出の手術を受ける事を、心が受け入れたからだった。

三日（火）には、また家族で大安寺へ行き、ご祈祷を受けた。九日（月）に、やっと宅配で、『第二の性』が届いた。分厚い本が二冊だった。澄世は入院の用意をしていた。寝間着や、洗面用具や細々した物と、ＣＤラジカセと好きなＣＤを数枚、それに『第二の性』二冊をスーツケースに入れた。そして、喘息が出ないように、加湿器も持った。

翌朝十日（火）七時半に、予約していたタクシーが来て、両親と三人で乗った。八時に病院に着き、受付の窓口が開くまで四十五分待った。手続きのあと、言われた六階へ上がり、看護師の案内で六一五号の個室に入った。荷物をほどき、並べたり、せっせと働いた。

九時にＫ先生に呼ばれ、説明を受けに行った。Ｋ先生の説明は詳しかったが、通院受診の際に受けた説明とほぼ同じで、澄世は一生懸命に復習し自分に言い聞かせているようだった。母は静かに聞いていた。父は初めて受ける説明に、終始大きく頷き、時に確認の質問をし、納得しては大きな声で、Ｋ先生を誉めた。最後に父が真顔で質問した。

「これに、縁談もないではないのですが、もし結婚したら、夫婦生活は大丈夫ですか？」

澄世は驚いた。

「全く問題ありません。アメリカの統計ですが、子宮を切る前と切ってからのセックスについて質問したところ、むしろ、切ったあとの方が快感がよくなったと言うデータもあります」

K先生が具体的に言った。

「そうですか。安心しました。まぁ、これにはわからんでしょうが……」

父のその言葉に、澄世は傷ついた。説明を受けた旨、サインをし、書類を受け取った。用紙に、手術は主に子宮筋腫の治療目的と書かれていた。卵巣もリンパも取らずにすむと、澄世はホッとした。

その後、看護師から設備やらの説明を受け、十二時半から三十分、お風呂の予約を入れておくので、その時、下の毛を剃るようにと言われた。十二時に昼食を食べ、十二時半に、電気カミソリを受け取り、母と風呂場へ行った。入浴のあと、言われた事をしようとした。恥骨の下まででよいとの事だったが、なかなか難しく手こずった。とにかく処理をした。看護師がチェックして、これでいいと言った。そのあと、へそを掃除すると言って、お腹を出して仰向けに寝させられた。アルコールをへそに垂らし、綿棒で撫でながら垢を取ってくれた。生まれて初めてへそ掃除をした。きれいになったへそを見て、澄世は感動した。

次にK先生の計らいで、呼吸器内科を受診する事になり、その前に検査に行かされた。二階の二十六番の検査室で、女性の技師に言われるよう、パイプを口にくわえ、吸って、吐いて、吐いて、吸ってを、何度もくり返した。澄世はとても疲れた。そのあと、六階で吸入をして十五分後に、もう一度来るようにと言われた。六階で受けた吸入は、昔よく病院で吸った、ガラス容器から蒸気が出て、それを吸うものだった。十五分後、無事、二度目の検査を終え、部屋へ戻った。

夕方になって、外来がおわったので、一階の呼吸器内科を受診に行くようにと言われ、下へ降りた。若いよく喋る医者だったが、話の内容はしっかりしていた。検査の結果、澄世は典型的な喘息で、吐く力が弱いとの事だった。シムビコートと言う吸入を朝夕吸うように、また、寝る前にはシングレアと言う薬を一錠飲むように、そして発作時の吸入メプチンエアーを処方された。

部屋に戻ったら、今度は麻酔科の説明に女医が来た。澄世は、乳癌の時のデータを診ておいて欲しい事と、頸椎症なので、首に気をつけて枕を加減して欲しいとお願いした。前回の手術のデータは診ているので、安心するようにと言われた。

六時になって、夕食が来た。豚カツだった。澄世はゲンをかつぎ全部食べた。父と母は売店で買ってきたお弁当を食べていた。食後、あれこれしていると、コンコンとドアをノックされ、また誰かが来た。

「楯見さん。名前を見て、あらって思ったんですよ。お変わりないですね。私、今はここの師長なんです。何でも言って下さい」

乳癌の時、世話になった正田看護師長だった。澄世は不思議なご縁に感謝した。両親は明日また来るからと言って帰って行った。

夜もふけて、やっと一人になって、落ち着き、澄世は桔梗の柄の寝間着の着崩れを整えた。静かにCDをかけ、モーツァルトの『ピアノ協奏曲第二十一番ハ長調』の「第二楽章」を聴いた。スウェーデン映画『みじかくも美しく燃え』で有名なこの曲は澄世の心を澄みきらせてくれた。次にお気に入りの、同じくモーツァルトの『ピアノ協奏曲第二十三番イ長調』の「第二楽章」を何度も何度もリピートして聴いた。この静かで心にしみ入るようなメロディーは、澄世を崇高な気持ちにさせ、祈りの境地へ導いてくれた。

九時になり、澄世はD先生にもらっている睡眠薬ロヒプノール二錠とアモバン一錠を飲んで、眠りについた。

十一日(水)、手術当日、澄世は朝早く目が覚めた。五時だったろうか……。身仕舞いを整え、時を待った。前夜九時から絶食で、夜中零時からは水分も取っていなかったが、意外と平気だった。七時に浣腸をしてもらったが便は出なかった。八時半近くに、両親と兄が来てくれた。そのすぐ後、手術着に着せ替えられ、処置室に呼ばれ、膣洗浄を受けた。カーテンの向こうのK先生にさらしている自分の姿を思うと、澄世は気絶しそうなほど恥ずかしかった。膣に少し押し入れられた感じがあり、痛かった。部屋に戻ると、今度は右肩に注射を打たれた。そして、右腕に点滴が刺された。

九時十分、ストレッチャーに乗せられ、部屋を出た。エレベーターの中のK先生や家族の顔を見ながら、二階へ降りた。手術室の自動扉が開き、澄世は中へ押し入れられた。ふっと脇の時計を見ると、九時十三分だった。三号室に入った。麻酔科の女医が、澄世の右手から話しかけてきた。硬膜外麻酔を背中に刺すため、左を下に横向きで前かがみになるように言われ、澄世は背を思いっきり丸めた。誰かが「よく曲がりますね。凄い、凄い」とほめてくれた。歯医者で使うのと同じらしい細い注射で、何ヶ所か麻酔され、次に太い〇・五ミリの注射が、いよいよ刺されたようだった。押される感じで、痛みはなかった。ゆっくり針が奥に行く途中で、一瞬ビリッとしたら、「あっ、ここ痛いですね」と、すぐ外され、慎重に進められ、「はい、いい処に入りましたよ」と言われた。すぐさま、手術台に仰向けに寝させられた。と、次々に心電図や、血圧計や、色々なものが体のあちこちに装着された。

「頭の脳波を計るの、付けますね」と誰かが言い、澄世の左のおでこの上にペタペタとテープで器具を貼り付けた。澄世が時計を見たら、九時三十三分だった。次の瞬間には、頭の中に重みがドッと流れ込んできて、あとは意識を失った。

二時前、澄世は部屋で気がついた。意識はもうろうとしていた。酸素マスクを付けられていた。腹部に痛みはなかった。血栓予防機を履かされていて、空気圧がゆっくり、ゆっくり、交互に左右の足を揉んでいた。尿道は管が通されていた。皆が色々言っていたが、澄世にはよくわからなかった。点滴は、朝の無色とちがい、黄色い液が落ちていた。一時半頃に、K先生から家族に説明があったらしいと聞いた。

時がたってきて、意識がはっきりし始めると、腹部に重い痛みが感じられた。しばらくは耐えられる感じの痛みだった。乳癌の時の胸の痛みと似た感覚がお腹にあった。そのうち、酸素マスクが外され、痛み止めの硬膜外麻酔を多く注入してもらった。

七時に兄が帰って行った。八時に父が帰って行った。九時に、K先生が来られた。

「ここはスパルタですから、明日から歩いてもらいますよ」

K先生はおどけたように言われた。K先生は、この変わった患者を心から思いやっていた。

「はい。笑ってもお腹が痛いです……」

澄世は苦笑いを返した。

「今日はオペが四件あってね……。ゆっくり休んで下さい」

K先生は出て行かれた。澄世は、自分の手術のあとに、三件も手術があった事を知り、驚いた。

個室にはソファがあり、結局、母はこの日泊まってくれた。夜中も点滴は続いた。また無色の大きいものと、今度は小さいものも追加された。どうやら、小さいものが抗生物質のようだった。自己血貯血の輸血もされた。乳癌の時、麻酔の副作用で、激しく吐いたので、澄世は水は殆ど飲まなかった。術衣の下は、素っ裸で、夜用ナプキンをあて、T字帯をしている自分の姿を、澄世は実にみじめに思った。そのうち、澄世が痛みを強く訴えたので、四時間間隔だった硬膜外麻酔の注入が、二時間毎に短縮され、澄世は助かった。三個ある睡眠薬を少しの水で飲んだ。どうやら、三時間くらいは眠れたようだった。澄世にとって、長い長い長い、忘れられない一日だった。

翌十二日（木）の早朝まで、大・小の点滴が続いた。あと、夕方にまた一回点滴があると聞いたが、腕が辛いので、とにかく針をいったん抜いてもらった。右腕がだるく痛かった。

七時に朝食が来た。ゼリーとパイナップルとオレンジジュースとで、澄世は全部を食べられた。看護師が来て、体を拭いてくれ、尿管も抜いてもらい、寝間着に着替え、言われるままに、恐る恐る、澄世は手を持ってもらって、立ってみた。立てた！　凄い解放感だった。しばらく様子をみて、今度は談話室まで、歩いて行ってみた。歩けた！　澄世はうれしかった。痛みはまだあったので、硬膜外麻酔を二時間毎に待ちかねるように注入してもらった。

昼は、お粥と味噌汁と鮭のムニエルで、澄世はこれも全部食べた。昼過ぎに、父が来た。澄世が元気なので、びっくりしていた。父に頼んでD先生に、無事手術が成功したことを伝言してもらった。晩のおかずは、豆腐ハンバーグだったが、澄世はこれも全部食べられた。それで、大きい点滴はなくなり、小さい抗生剤の点滴だけを刺された。これで全ておわりとの事で、澄世は本当にうれしかった。父と母が帰り、点滴もおわった。

術後翌々日の十三日（金）は、印象的な日だった。澄世は朝五時から起きて、身仕舞いを整えた。朝食後、ベッドの上に座り、『第二の性』を読みながら、机に置いたCDラジカセのリモコンを操作して、モーツァルトの『ピアノ協奏曲第二十一番』を聴いていた。

八時四十五分頃、K先生が一人で入って来られた。

「どうですか？　……余裕ですね。痛みは？」

「おかげさまで大丈夫です」

澄世が答える間に、K先生は澄世のベッドの周りを一回りして言った。

「音楽好きですか？」

「ええ」

「ピアノ、好きなんですか？」

「ええ、ショパンもちょっと弾いたりします」

「私も弾きますよ」

K先生が微笑みながら言った。澄世はびっくりした。

「K先生。クラシック、お好きなんですか？」

「ええ、好きです。ピアノは小学生の時に習って、三十の頃にもう一度やってね……ゆっくりしていて下さい」

そう言って、K先生は出て行かれた。澄世は心がふんわりした感じで、うれしかった。

K先生は、同じ趣味の澄世に関心を持った。

昼過ぎ、澄世は洗髪をしてもらい、本当にスッキリした。この日の夕方に、とうとう硬膜外麻酔がなくなり、注入を止められ、背中のカテーテルを抜かれた。痛みは、ロキソニンの内服で、ほぼ乗り越えられるようになっていた。

夕方、K先生が摘出した澄世の子宮の写真を持って来られた。

「筋腫は大きいのが二個と、ほら、他にもブツブツ小さいのがあるでしょ。卵巣の嚢腫の部分はこれです」

酷い写真を見て、澄世は切って良かったとつくづく思った。

「総重量、五三〇グラムでしたよ。これは、どうぞ」

K先生は澄世に写真をくれた。澄世は、筋腫よりずっと小さい自分の子宮を見て、かわいそうに……と思った。

十四日（土）、お腹の痛みは落ち着いたが、朝から心が重かった。毎食後、抗鬱薬のノリトレンを飲んでいるが、頓服の抗不安薬デパスも飲んだ。気分が沈んで、この日は何となく、ショパンのCDをかけていた。

九時に採血があり、そのあと三十分くらいしてK先生が来られた。

「どうですか？　思ったより大丈夫でしたか？」

傷口を診ながらK先生は優しく聞いた。

「はい……おかげさまで……」

CDは『幻想即興曲』がかかっていた。

「眠れてますか？」

「なんとか……」

澄世はやはり沈んでいた。

「昨日はモーツァルトで、今日はショパンなんですね！」

K先生は澄世を励ますように言った。その時から、澄世はK先生に不思議な心のつながりを感じた。

「ゆっくり休んで下さい」

K先生は澄世に微笑みかけて出て行かれた。子宮をなくした喪失感で苦しまなければいいが……。K先生は秘かに澄世の心配をした。

十一時に、術後初めてシャワーに行った。でも、澄世は恐いので、傷のテープより下、つまり足元だけ温めて出てきた。それでも、とても気持ち良かった。だが、不安の虫がうごめいてきて、病理の結果が心配でたまらなくなってきた。その晩、澄世はあれこれ考えない事にして、薬を飲んでなんとか眠った。

十五日（日）、朝食にゆで卵がついていて、久しぶりで美味しかった。ショパンのＣＤを聴いて、しばらくぼんやりしていた。『雨だれ』が流れていた。今日は小正月だ……と澄世は思った。

昼過ぎに、母が来てくれた。五時にシャワーの予約があったが、母の助けのおかげで、シャワーもうまくいき、洗髪もでき、寝間着も着替えてサッパリした。それを見届けて、母は帰って行った。思い返してみたら、ここまで、本当によく快復してこれたものだと、澄世は感謝した。K先生は、十三日も、夜十時まで手術があったと看護師から聞いた。本当に大変だなと、K先生に感謝した。九時になり、澄世は薬を飲んで休んだ。

十六日（月）、朝早く、K先生が来られた。澄世はパッヘルベルの『カノン』を聴いていた。

「どうですか？」

「もう殆ど痛みもないです」

「痛み止めは飲んでますか？」

「はい」

「ちょっと傷を診せてもらえますか？」

澄世は不意打ちにドキッとしながら、横になり、寝間着の前を開いた。その時、読んでいた『第二の性』にはさんであった映画『サルトルとボーヴォワール 哲学と愛』のチラシが床に落ちた。「サルトルとボーヴォワール」の文字をK先生にしっかり見られた。K先生は、実存主義か……ふーん、とまた澄世に関心を持った。

「お通じはありますか？」

Ｋ先生が聴診器をあてられた。

「便秘薬を飲んで、一応、毎日あります」

曲はバッハの『Ｇ線上のアリア』に変わっていた。

「この調子でいきましょう！　朝はこんな音楽がいいですね」

「私、この曲、大好きなんです」

澄世がうれしそうに言い、Ｋ先生はニッコリ微笑んで出て行かれた。あっという間だった。けれど、お腹に聴診器をあてられている間、澄世はとても恥ずかしかった。澄世はＫ先生を意識しはじめていた。

夕方、またＫ先生が来てくれた。澄世はショパンを聴いていた。

「残尿感などは、しばらくあるので、気にしないように……。何か困ってることはありませんか？」

「特にありません」

「微熱だと聞いてますが、正常な反応なので、大丈夫ですよ。……ショパンですか。夜はやっぱりショパンですね！」

澄世の不安を取り除くよう、そう言って、またニッコリ微笑んで出て行かれた。『別れの曲』が流れていた。その夜、澄世はぐっすり休めた。

十七日（火）、澄世は五時十八分に起床して、身仕舞いを整えた。今日は、抜糸？ではなく、テープをはがす予定になっている。傷は縫ってあるのではなく、テープが貼られているだけと聞き、びっくりしたが、そのテープがとられるのだ。窓辺には、入院した時に飾った、縁切り寺で有名な北鎌倉の東慶寺の水月観音様の写真があり、澄世を見ていらっしゃる。もう、病とは縁切りですよと微笑んで下さっている。この日は本当にいい天気だった。

十時にK先生が看護師を連れて来られた。澄世は寝間着の前を開き、パンティをおろした。へそより十センチほど下にある、横十センチほどの傷に貼ってあるテープを、順々にはがしていかれた。糸はなかった。聞くと、溶ける糸で、裏縫いしてあるとの事だった。細い綺麗な傷で、横にほんの十センチほどで、本当に目立たなかった。K先生の腕の良さに感心し、希望通り綺麗に横に切ってもらえた事に、澄世は心から感謝した。肌色のサージカルテープが貼られた。一日に一回、貼り替えて、三ヶ月続けるように、そうすると、傷が綺麗に治ると言われた。

午後三時にまたK先生が来られ、傷を目立たなくする為のテーピングは、三ヶ月より、半年続けると尚綺麗に治ると言われた。澄世の傷へのこだわりを、良くわかって下さっての事だった。澄世はホッとして、ぼんやりと過ごした。気分が良くて、なんとなく一階へ降り、中庭に出た。一週間ぶりの外の空気が美味しかった。長い一週間だった。

十八日（水）、朝九時にK先生が来て、今日の夕方に、病理結果の説明をしますからと言われた。澄世は両親に連絡し、来てもらう事にした。澄世は様々にかけめぐる思いでいっぱいだった。これで良かったのだと思った。そして、これからに生かしたいと切に思った。普通ではありえない辛く苦しい、けれど花に生かされた五年を経て、今に至れたのだとつくづく思った。み仏に救って頂いた。他力とは、このことだろうと思った。命があることに、澄世は感謝した。だが、病理結果は不安で、考えないようにつとめた。

両親は昼過ぎに来てくれていて、四時を過ぎた。看護師が来た。

「K先生は、今日、三人の手術があって、あと二人あるので、夕方と言われましたが、ずっと遅くなります」と言った。澄世はデパスを飲んだ。六時になり、夕食をとった。七時を過ぎた。澄世はだんだん不安になった。八時を過ぎた時、K先生がドアを開けられた。

「あと五分ほどで、ちょっと待って下さい」と言われた。しばらくして、呼ばれ、相談室へ行った。澄世は、好きなマリー・ローランサンの絵が表紙の手帳とペンを持って行った。

　中へ入ると、机の向こう側にK先生が座られ、向かい合わせに父と母が並んで座って、澄世はK先生の隣りの角に座った。入院時の説明を受けた時と同じだった。K先生は、摘出したものの写真を見せた。

「病理の結果、大きな筋腫、前方にあった分ですが、この一部分に、子宮体癌と肉腫が混ざってあった事が判明しました」

　澄世はギクッとし、顔がこわばるのを感じた。

「肉腫って、何ですか？」

　父が聞いた。

「悪性腫瘍です。子宮体癌はグレードIで、肉腫はローグレードです。一ミリの皮から浸潤しておらず、私は手術時、一番最初に、これを切り出したので、飛び散りもないと思われますので、あまり心配はないと思います」

「肉腫って……」

　澄世はひきつりながら口にした。

「子宮筋腫は硬いんですが、肉腫は柔らかいんです。一度目の病理診断だけでは大まかにしか分析していなかったのですが、私は怪しいと思って、再度、病理を詳しくしてもらったところ、この結果がわかったんです。肉腫は増殖が早く、化学療法もあまり効かないんです。見つかったこの一部というのは、直径二センチくらいのものですし、とにかく、取り切れている上に、悪性度のグレードも低いので、ほぼ大丈夫だと思います。ただ、血液を通じて転移していたりする事を否定しきれません。血液で、肺や肝臓に行く事もあります。それで、五年間は、一ヶ月毎にエコーやCT、MR、それに腫瘍マーカー、PETをして、経過を診て行こうと思います」

K先生は、静かに落ち着いて説明された。澄世は泣きそうだった。その様子を見て、K先生は続けた。

「乳癌も早期発見で処置されていますし、今回も、この時期に手術を決断されて、本当に強運だと思いますよ。このようなケースは、本当にごくまれです。取り切れていますし、そもそもこのタイプの癌は化学療法が効かないので、やっても体に負担になるだけですから、やりません。とにかく、ストレスのない生活をして下さい」

澄世の目をしっかりと見て、そう言われた。

部屋へ戻って、両親は良かった良かった、大丈夫だからと澄世をなだめ、帰って行った。九時を過ぎて、ドアをノックされ、K先生が入って来られた。

「これ、さっきの説明をまとめたものです」と言って用紙を澄世に渡し、出て行かれた。

（初観音の日に、こんな危機一髪のところで救って頂き、ありがとうございます）と澄世は手を合わせ、大きな何かに深く感謝した。

十九日（木）朝八時半過ぎに、K先生が来られた。

「大丈夫ですか？　眠れましたか？」と、心配そうな目で聞かれた。

「はい。ラッキーだったと思います」

澄世は素直に答えた。

「そうですよ！　前向きに行きましょう！　……あっ、廊下にもマリー・ローランサンの絵がありますよ」

そう言って出て行かれた。澄世は廊下へ出て歩いてみた。澄世のいる部屋と反対側の廊下の端に、マリー・ローランサンの大きな絵の額がかかっていた。ゆうべ、澄世の持っていた手帳の表紙をK先生は見ていたのだ。今や、K先生は、澄世にとって、命の恩人だった。それに、音楽や絵の好みも同じだし……大好きだ！　澄世は明るく微笑んだ。希望がゆっくりとわいてきた。

夕方、好きなジャズのナット・キング・コールのCDをかけながら、ソファに腰かけ、テーブルにコーヒーを置いて、ゆっくり飲みながら、澄世は『第二の性』を読んでいた。思った以上に凄い内容だった。女性の生物学的な分析から始まって、まず驚いた。つわりがあるのは、人間のメスだけだと……確かに、つわりをしている犬や猫を見たことがない。ボーヴォワールは言う「女性問題は、黒人問題と同じである」と、「女が解放を信じないのは、何よりも、女がただの一度も自由を経験したことがないからである」と「主体的でありたいと思いながら、隷属されている境遇から、客体であろうとして、女の殆どは精神分裂している」と。澄世は、現代も、昔と何ら変わっていないのを実感させられた。自分もまた分裂している女の一人だ、澄世はそう思った。その時、K先生が入って来られた。

「どうですか？　何もありませんか？」

「はい」

K先生は出て行かれた。あっという間だった。だが、ホッとした。患者とは、それほどに医者の回診で安堵するのだ。特に私は！　と澄世は思った。

二十日（金）、二十一日（土）、二十二（日）と、K先生の回診がなかった。もう大丈夫と言う事だろうか？　……澄世はなんだか淋しかった。天気はずっと曇りだった。

二十三日（月）、八時四十七分にK先生が来られた。澄世は『第二の性』を読んでいた。

「だいぶ安定していますね。分厚い本を読まれるくらいだから……」

「はい。おかげさまで、意欲が出てきました」

澄世は笑顔で言った。

「お通じはどうですか？」

「ちょっときばる感じで出すんですけれど……」

澄世は恥ずかしそうに言った。

「中の糸は一ヶ月くらいかけて溶けていきますけど、まぁ大丈夫だと思いますが、あまりきばらない方がいいですね。便が軟らかくなるお薬を出しておきます」

優しく言われ出て行かれた。

夕方になって、退院の診察があるから来るようにと看護師に言われた。澄世は内診室に入り、パンティを脱ぎ、寝間着の裾をまくり、内診台の椅子に座った。K先生がカーテンの向こうにいた。

「入院、退屈でしょー」

看護師が言った。

「本、読めますし、大丈夫です」

澄世は言った。

「哲学書ですか？　何を読まれてるんですか？」

K先生が聞かれた。

「ボーヴォワールの『第二の性』です。今頃読んで、遅いんですけれど……」

そう言っているうちに、座椅子が回り、澄世の下半身がカーテンの向こうへさらされた。

「向こうはキリスト教の背景があるから難しいでしょ」

Ｋ先生が言った。

「ええ」

澄世は、少し震えながら答えた。

「充血したりしてないか診ますね。肛門から入れますから、楽にして……ハーと吐いて……」

肛門からと聞き、澄世は安心した。

「ハー……」

言われるように息を吐いた。

「いいですよ。大丈夫です。……もう退院してもいいけど、本、読んでから帰りますか？」

「はい。ありがとうございます」

澄世はうれしかった。座椅子が戻り、澄世はパンティをはき、寝間着の裾をおろした。

退院は、大安の二十七日（金）に決まった。

二十四日（火）、朝の回診はなかった。夜明け前から起床し、澄世はずっと『第二の性』を読み続けている。はまっているのだ。雑念がない。入院中に読み終えそうだった。この日は、一度も痛み止めを飲んでいなかった。昼過ぎ、シャワーを浴びてスッキリした。

夕方、K先生が来られた。澄世は『第二の性』を読みふけっていた。

「どうですか？　進んでますか？」

「難しくて……でも、面白いです」

K先生は微笑まれた。

「お腹の音、聞かせて下さい」

澄世は、寝間着の前を広げ、ドキドキした。

「はい。いいですよ。もうスキップくらいしてもいいですよ！」

K先生はそう言って微笑まれた。澄世は本当にうれしかった。

二十五日（水）、澄世は『第二の性』を読み返していた。「女は他者である……」この波乱に満ちた自分の運命をどう生きるか、澄世は考えていた。

九時過ぎ、K先生が回診に来られた。お通じの事を聞かれ、便を軟らかくする薬のマグラックスの量を調節するよう言われた。K先生が出て行かれた。……澄世は、ぎこちなかったと思った。緊張していた。K先生を待っていたのだ。待っている時から、ずっと緊張していた。私って、バカだな。何を求めているのだろう？　……と言うより、求められたいのか？　……女？　私は女だ！　澄世はふと思った。子宮はもう無い……なのに、これまでと違って、女になった気がした。これは予想しなかったパラドックスだった。澄世は初めて女性器を見られ、触れられ、性的に女に目覚め、また感性も情緒的に自分と似ているK先生に、恋心を抱いたのだ。だが、このうぶな女は、自分ではそれとわからず、ただ、今や、K先生が初めての男性で良かったとつくづく思っているに過ぎなかった。

二十六日（木）九時に、K先生の回診があった。

「お通じは？」

「今朝は早くにあったので、おかげさまで快方に向かっています。それより……まだ、おりものに少し出血があります」

澄世は恥ずかしそうに言った。

「まだしばらくはあるでしょう。大丈夫ですよ……。いつも音楽を聴いてるんですね。やっぱり、ショパンはいいですね」

K先生は微笑んで出て行かれた。『革命』が流れていた。

昼下がり、『第二の性』をとじて膝に置き、澄世は考えていた。女性にとって、個人にとって、真の解放とは何だろう。ボーヴォワールは自身が解放を味わっただろうか？

否、でなければ、この書を、こんなにも情熱をかけて執筆したりはしなかったろう。半世紀を経て、この書の恩恵を私達現代女性は少なからず受けている。しかし、いまだ、それは発展途上だ……と澄世は思った。そして、自分について考えた。自分が思春期の少女にとどまっていることを自覚した。今のところは！　しかし、今後の自分には様々な面が現れるだろう。既に、子宮摘出手術を終えて、奇妙にも女の芽生えを感じているのだ。澄世は生まれて初めての感情を、自分でもてあましていた。

二十七日（金）八時四十八分、K先生が最後の回診に来られた。お腹を診られたが、澄世はもうドキドキしなかった。お通じの薬を追加してもらった。お昼を食べ終わった頃、母が来てくれ、荷物をまとめ、澄世は退院した。

明日からは、社中の華展で、みんなはいけ込みに忙しいだろうなっと澄世は淋しく思った。辻井先生に退院した事をメールで知らせた。すぐメール着信があり、辻井先生からだった。

「とても心配していました。ご連絡ありがとう。貴女の景色いけ、深山の景は大変力強い作品になりました。どうか一日も早く快復なさいますよう祈ります」

澄世はびっくりした。先生は、澄世を外さず、合作に名前を出し、華展に参加させて下さったのだった。有り難く、うれしさがこみあげた。私には華道がある！　澄世は、花に救われ、花に生かされた事を感謝し、希望を胸に抱いた。

二十九日（日）、朝、シャワーを浴びてお腹のテープの貼り替えをしようと、めくったら、端から、水滴みたいに血膿がプクッと浮き出してきて、あわててK病院へ電話したが、日曜だった。昼前、電話がかかって来て、母がでた。K先生だった。糸が溶けてきた時に、そんなふうになる事もあるのだそうで、心配いらないとの事だったらしい。電話の着信を見たら、ご自宅からと、思われた。澄世は申し訳なく、有り難く思った。

そこへ、宅配で、佐紀から、アレンジメントの花かごが届いた。綺麗なピンクのガーベラやカーネーションや、白のスイートピーで、本当に可愛くて、ふわっと澄世の心が和んだ。窓辺に飾り、澄世はベッドから見続けた。電話をしてお礼を言うと、ほんの退院お祝いだからと気遣ってくれた。澄世は皆に感謝した。

澄世は一月の終わりを、ボーッとベッドで過ごした。ベッドからは、壁に掛かっている美輪明宏のサインの額『慈悲』がよく見えた。澄世は今まさに、慈悲に包まれているのを実感し、感謝した。何となくだが、お乳が左右とも、少し張って痛かった。乳癌の手術をして五年たって、乳首はそのままだから不思議でもないのかも知れなかったが、思春期の少女みたいで、澄世は恥ずかしく思った。

澄世は毎日ずっと、ショパンを聴いていた。六一五号室の甘い日々が懐かしかった。

二月七日（火）朝、K先生から電話があり、「あさっての通院、来れますか？」と心配頂いていたと母から聞いた。K先生は、癌告知をし、手術を勧めたのに、五年も逃げた澄世を、普通の患者のようには思われず、ついいらぬ心配をされたのだった。

九日（木）十一時半に、澄世はK病院の婦人科へ行き、K先生の診察を受けた。傷を診られ、順調なので、もうお風呂に入ってもいいと言われた。澄世はうれしかった。そして、用意してきたバレンタインのチョコレートを渡した。パッケージには、ブルーのリボンがついていた。K先生はうれしそうに微笑んで受け取られた。肛門エコーだが、内診も受けた。澄世はボーッとした。

そのあと、心療内科へ行き、D先生を受診した。何だかお互いぎこちなかった。

「子宮の喪失感はないです」

澄世から言った。

「ボーヴォワールに救われましたか？」

やっと少し微笑まれ、D先生は言った。

「サルトルに出逢えたらいいのですけれど……」

澄世は冗談を言って微笑んだ。

十八日（土）、二階の澄世の部屋には、久しぶりに、祖母からもらったお雛様を母が飾ってくれた。と言っても、七段あった雛飾りは、お内裏様とお雛様だけになっていた。この五年間の苦しい間に、人形は身代わってくれるからと、奈良の大和郡山にある人形供養をして下さる賣太《めた》神社へ、三人官女も、五人囃子も皆、昇天祭に焚きあげて頂いたのだった。そのおかげもあってか、澄世は無事に生きている。楽しいうれしい雛祭りだ。


二十日（月）に、K病院の心療内科にまた行った。

「この間、K先生が来られて、貴女の事をちゃんと聞きました。不幸中の幸いという事なのか、一応、癌だから、経過観察していきますって」

D先生は神妙な顔で言われた。

「ありがとうございます」

「本当に良かったね。あんまり心配しないように」

いつもの笑顔で言われた。薬はいつもの通りをもらった。

帰り、花を買った。桃と菜の花と赤いカーネーションがセットになって売られていた。

お花のお稽古には、まだ復帰していなかったが、澄世は花をいけたかった。二階へ上がり、雛壇の横にいけて飾った。一気に華やいだ。女性であることを、素直にうれしく思った。お雛様は、四十五年の歳月が流れたとは思えぬほど、美しく、初々しいお姿だった。澄世は、自分の健康と幸せを、ご先祖様が守って下さっているのだなと、有り難く感じた。澄世の住む法隆寺では、もう、うぐいすの声が聞かれた。澄世は、毎日が養生であり、静養につとめ、動き過ぎないよう、ぼんやりし過ぎないよう、何でも過ぎないよう心がけた。

澄世は毎日三十分くらい、好きなピアノを弾いた。ベートーベンの『月光の曲』の「第一楽章」や、エリック・サティの『ジムノペディ第一番』等、穏やかな、心の静まる曲を、好んで弾いた。

三月十五日（木）十時半に、K先生のところへ、術後二ヶ月目の診察を受けに行った。順調に治っているとの事だった。お腹の傷の右端に、ちょっと糸が出かかって、赤くなっていたが、心配ないと言われ、軟膏をもらい、採血をした。K先生はやはり、優しかった。続いて十二時半に、D先生のカウンセリングを受けた。最近、子宮摘出するよう告げられ、アッと驚いて目が覚めて、もう済んだのだとホッとする夢を何度も見ると話すと、夢で反芻しているのだと言われた。澄世は潜在意識とは、そういうものなのかと思った。

十八日（日）、家族で大安寺へお礼参りに行った。たまたま秘仏の馬頭観音様も拝めて、本当に有り難かった。

二十日（火）春分の日には、佐紀と阿倍野で会った。天王寺ミオから、あべのキューズモールと、食べ歩きをした。澄世は佐紀といると時間を忘れた。佐紀は澄世が元気な事を喜んでくれた。


四月九日（月）十一時に、K先生の診察を受けた。採血結果は異常なかった。ただ少し前から、ピンク色のおりものがあり、出血かと心配していると言うと、内診の時、膣を診られ、術後よくできる肉芽と言うものだと言われ、取ってもらった。少し痛かったが、K先生が優しいので、澄世は安心して受けられた。


五月七日（月）十一時に、K先生の診察を受けた。先月の肉芽の病理結果も問題なかったと言われた。もう温泉に入っても大丈夫ですよと、K先生は太鼓判を押して下さった。

十三日（日）、お花のお稽古に復帰した。辻井先生はじめ、秋川さん達に会え、澄世はうれしかった。毎日が幸せでいっぱいだった。

二十二日（火）は、美輪明宏の「椿姫」の舞台を観に、シアター・ドラマシティへ行った。彼の描く愛の世界が美しく、澄世は、やはり感動した。

六月二十五日（月）十時半に、K先生の診察を受け、傷のテーピングはおわっていいと言われた。代わりにぬり薬のヒルドイドをもらった。傷は殆どわからないくらい綺麗に治っていて、澄世は本当にうれしく、感謝した。こんなに綺麗に、いったい何で切ったんですか？　と澄世が聞くと、K先生は表皮はメスで切り、筋肉は電気メスで切ったと教えてくれた。

お盆に澄世は、ふと、森山恵子さんの事を思った。自分が子宮癌を無事に生きのびられたのも、彼女に指摘され、婦人科へ行った事から始まり、五年逃げたけれど、ずっと守って下さっていた気がして、心から感謝を捧げた。

澄世は、毎月、毎月、婦人科の定期検診へ行き、K先生と親しくなり、音楽や本や映画の話をした。K先生は何でも知っていた。そして、肛門エコーを受け、採血をした。D先生へも、カウンセリングを受けに行き、薬をもらった。花の稽古にも励んだ。あっと言う間に年末が来た。

十二月十七日（月）十時半、K先生の診察を受けた。

「そろそろ一年になりますね。来年は、海外へでも行けますよ！」と言われた。澄世は喜び、生かされてある今につくづく感謝した。


クリスマスの街をブラブラし、澄世は気付いた。どこを歩いても、子供が目に飛び込んできた。母親と手をつなぎ笑っている子、友達とはしゃいでいる子、皆が可愛く思われた。自分でも思いがけない事だが、今や澄世は子供の皆が愛おしく思われた。はじめ、子宮をなくすなんてと絶望していたのが、五年を経て手術をしてみたら、とても不思議なのだが、心の深いところで愛が広がって、とても幸せになったのだ。つまり、それまでは、もしかしたら、いつか産まれてくるかもしれない「自分の子」と「他人の子」とを、心のどこかで分けていたのが、とっぱらわれて、あつかましいかもしれないが、「みんな私の子」と思ってしまうようになったのだった。だから、子供が産めないから、子供を見ると辛い、と言うのとは逆に、子供を見るのが以前よりずっと幸せになった。結局、苦によって、得たものの方が大きかったのだ。

華道もそうだった。病で孤独になったおかげで、花と語らう美しい花の道が開けたのだった。辻井先生に出逢い、秋川さん達に出逢い、今の澄世があった。大覚寺に通うようになり、花を通じて友達の輪は広がり、心の通い合う付き合いが増すばかりだった。本当に思いもかけない奇跡ばかりだった。

五

平成二十五年が明けた。K先生の「海外へでも行けますよ！」と言われた、術後一年目になった。傷が癒えた澄世は、何故か一人旅がしたくなり、何処へ行こうかしら？　と思った時、高校の宗教の時間に先生が話された「みんなも機会があったら、是非インドへ行ってみて下さい」と言われた言葉が、ふいに思い出され、（インドへ行こう！）と決めた。決めてから、考えてみたら、インドは本当に魅力的だった。釈迦の生まれた国であり、また遠藤周作の『深い河』に感銘を受けていたし、尊敬するマザー・テレサの活動した国であり、イスラムのタージ・マハルがあり、ヒンドゥー教徒がガンジス河で沐浴をする、宗教の混在するところを体験したいと澄世は思った。女性の身で、全くの一人旅をするには勇気がなかったので、一人旅のツアーを見つけ、参加する事にした。

二月二十八日（木）にK先生の定期検診を受け、インドへ行く事を話した。

「インドですか！　楽しんでください。そうだ、たかのてるこって女性の『ガンジス河でバタフライ』って言う本があって、面白いですよ！」

「そうなんですか！　参考に読んでみます。ありがとうございます。……それと、インドに行くのに、お腹を下さないか心配なんですが……」

「整腸剤と下痢止めを出しておきましょう。じゃあ、楽しんで来て下さい」

K先生は、自分の事のように喜んで下さった。澄世は早速、書店でその本を買って読んだ。ハチャメチャで楽しい紀行文だった。K先生は、こんな本も読まれるのかと面白く思った。

三月八日（金）の出発前直前には、D先生のカウンセリングを受け、抗鬱薬と睡眠薬の常備薬をもらった。D先生は長らくの、澄世の体調を知っているので、心配そうだった。

三月十三日（水）朝十一時二十五分に関西空港へ集合した。午後一時二十五分発、香港経由で、現地時間の午後九時三十五分にデリーに着いた。その日はホテルに泊まっただけだった。

翌朝早くにホテルをたち、最初の観光地サルナートへ着いた。考古学博物館を見学し、街を歩いた。ここは釈迦が初めて説法をした地だった。その時だった。

ブッダン　サラナン　ガッチャーミ
ダンマン　サラナン　ガッチャーミ
サンガン　サラナン　ガッチャーミ

自ら仏に帰依し奉る
自ら法に帰依し奉る
自ら僧に帰依し奉る
（和訳）

三帰依（仏・法・僧に帰依する）を、くり返し合唱しながら、黄色い衣を着た裸足の若い僧侶の行列が、澄世の前を通り過ぎて行った。澄世は思わず、手を合わせた。いきなり出会った光景に、澄世は身が震える思いがし、思わず涙が出た。高校時代、毎日のように聴き唱え、親しんでいた三帰依を、本場で聴けた事に感動した。その後も寺院など観光をし、夕方に、ガンジス河でボートに乗り、岸辺で行われるヒンドゥー教の祈りの儀式プージャを見学した。始まったと思うや、空に稲光が走り、雷鳴が轟き、猛烈なスコールが降り出した。澄世達は、二人ずつリキシャ（自転車の人力車）に乗り、あわててホテルへ帰ったが、リキシャの幌がボロボロに破れていたせいで、びしょ濡れになった。だが、澄世は、ベナレスのこの大雨で、何もかも洗い流されたようで、気持ち良かった。

翌朝は五時にホテルを出て、再びガンジス河へ行った。まだ暗かった。数人ずつボートに乗り、河へこぎ出した。夜が白々と明けてゆき、やがて真っ赤な太陽が、ギラギラと河面を照らした。澄世は何度もシャッターを押した。太陽が昇ってくる美しさに息をのみ感動した。好天気だった。岸辺では、人々が祈り沐浴していた。胸がジーンとした。澄世は両手を河に浸してみた。水は冷たいと思いこんでいたのが、ぬるくて、まるで何かに包まれているような気がした。澄世は、ゼロを発見した国で、自分もゼロからスタートするのだなと思った。ガイドから写真は撮らないようにと言われ、死体を焼いて、河に流す場面にも遭遇した。死が当たり前にさらけ出されていて、何か心が静かになった。

次の日は、世界遺産のタージ・マハルへ行き、美しいシンメトリーの白亜の建物をゆっくり観て、インドの旅も終わりになった。途中、店でサリーを買い、澄世は帰国してから、その生地を帯に仕立てた。

十六日（土）夜十一時十五分発で、デリーをたち、十七日（日）お昼十二時五分に関西空港に帰って来た。五日間の駆け足の旅だった。澄世の体力がギリギリ持った生涯忘れられない旅だった。

四月十四日（日）に、澄世は大覚寺の華道祭で、親授式を受け、嵯峨御流の正教授を賜った。澄世は、辻井先生に深く感謝した。

翌年、平成二十六年三月七日（金）、大阪の阿倍野に、ビルとしては日本一高い、三百メートルの、あべのハルカスがオープンした。澄世は佐紀と展望台へのぼった。街がおもちゃのように小さく見えた。こんなにも小さくちっぽけに見えても、ここに何百、何千の人々がいて、皆それぞれに悩んで苦しんで、それでも生きているのだと、澄世は思った。

日が矢のように過ぎて、平成二十七年、善光寺の御開帳の年になった。澄世は生きて、この年を迎えられた事に、感無量だった。バスツアーだったが、その春、母と善光寺にお礼参りに行った。この年は、戦後七十年でもあり、澄世は、世界の平和を祈った。

その夏、婦人科の定期検診で、CT検査を受けたところ、左の肺に何か影が写った。K先生の指示で、澄世はPET検査を受けた。不安だった。PET検査の結果、癌はなかった。ホッとしたが、K病院の呼吸器外科へ回してもらい、診てもらった。左脇のあたりに三ミリほどの何かがあるらしく、経過観察をする事になった。不安な日々が過ぎた。K先生も心配された。年末に再度、CT検査を受けた。怖々、結果を聞きに行ったら、肺の影は消えていた。一時的な炎症か何かだったのでしょうと言われた。

翌、平成二十八年四月十日（日）、澄世は大覚寺の華道祭で、権刀自《ごんとじ》の称号を賜った。この称号とは、大覚寺において、後宇多法皇により始められた永宣旨《ようぜんじ》により、技芸に優れた者に階級、称号が与えられたもので、明治になり廃止されたが、由緒ある華道嵯峨御流においては、この永宣旨を現在も、伝統にのっとって発布しているのだった。そして、その称号を受けた事により、澄世は袈裟を授かった。心に、あのインドで聴いた三帰依が聴こえた。

ブッダン　サラナン　ガッチャーミ
ダンマン　サラナン　ガッチャーミ
サンガン　サラナン　ガッチャーミ

仏・法・僧に帰依し、自分は、この華道に精進するのだと澄世は思った。

五月二十七日（金）、アメリカのオバマ大統領が、広島を訪問した。滅多にテレビを見ない澄世だが、この日は生中継をずっと見ていた。アメリカ大統領が広島に来た、歴史的な出来事を澄世は見届けたかった。安倍首相とオバマ大統領が献花をした。被爆者とオバマ大統領が抱き合い、澄世は胸がつまった。その後、オバマ大統領のスピーチの内容について賛否両論が出たが、原爆を落とした国の大統領が広島に来て、核廃絶を訴えた意義は大きかったと澄世は思っている。

婦人科の定期検診は、四年半を過ぎていた。毎月、K先生に会い、内診を受け、採血をし、その度に、澄世は安心した。K先生とは診察の時に、よく音楽の話しをした。澄世がラフマニノフの『ピアノ協奏曲第二番』が好きだと言うと、「三番もいいですよ」と教えてもらった。すぐさま、ヴラディーミル・アシュケナージのピアノ演奏の、『ピアノ協奏曲第三番』のCDを買って聴いた。素晴らしく良かった。

「先生のご趣味は結局、何ですか？」

ある時、澄世は聞いた。

「ボーッとして、本を読んだり……旅行も好きですね。あまり行けないけれど……」

「音楽は誰が一番好きですか？　私は、サティなんかも好きですけれど……」

「サティ、いいねぇ。『ジュ・トゥ・ヴー』なんか、ジャズのアレンジもあるしね。でも……やっぱり、ショパンですね」

K先生は微笑んだ。澄世はK先生の物静かで知的な、この微笑みが好きだった。


十一月三日の文化の日、出かけたついでに心斎橋筋を歩いていて、ふとM楽器店へ入り、「あなたのミニコンサート」のチラシを見つけ手にした。「平成二十九年四月七日(金)夜七時より、リーガロイヤルホテル……」と書かれてあり、店主に聞いたら、スタインウェイのグランドピアノを体験してもらう企画で、是非ご参加をと勧誘された。参加費は五万円だった。その日はそのまま帰ったが、ピアノが好きな澄世は、やはり出てみたいと思った。バイエルをあがってツェルニーの途中でやめたので、あとは我流で、ショパンが好きだが、易しい曲しか弾けなかった。メロディーが好きで、何とか弾ける『ノクターン第二番』で申し込んだ。申し込んでから、澄世は毎日ピアノに向かい、『ノクターン第二番』を猛練習した。

十二月十九日（月）に、前の週の定期検診の採血結果を聞きにK病院へ行き、先週に続きK先生の診察を受けた。五十歳になったが、子宮が無いので更年期がわからない澄世は、疲れやすくなった気がして、女性ホルモンを調べてもらっていたのだ。エストラジオールの値は一一六〇だった。正常値がだいたい二〇〜五五〇なので異常値だった。二一以下を更年期と判断するらしく、更年期ではなく、卵巣に異常の心配があるらしかった。

「卵巣を診ましょう」と、内診室へ促された。澄世はいつものようにストッキングを脱ぎ、パンティを脱ぎ、スカートをまくり上げ、備え付けの膝掛けを膝に乗せ、内診台の椅子に不安そうに座った。椅子が回りながら上がり、カーテンの向こうにK先生が来られた。

「肛門から診ますね」といつものように肛門エコーを入れようとされるのだが、澄世が不安で緊張しているせいか、なかなか入らなかった。

「ハーって楽にして」

「ハー……」

言われるように息を吐いてみても、なかなか入らなかった。

「先生……膣エコー、やってみて下さい」

澄世は思いきった事を口にした。

「えっ？　あぁ……」

Ｋ先生が看護師に何か指示をされ、硬い物が陰部にあたった。

「いた！　痛い……」

「……無理しないでおきましょう。内診しますね」と言われ、Ｋ先生の指が膣に入って来て、お腹をもう片方の手であちこち押された。初めての事だった。澄世は脱力してしまった。澄世は顔を赤らめて伏し目がちで診察室に戻った。

「一皮剥けましたね」

「……いい歳をして、すみません」

「あまり気にしないように。年明けにもう一度採血をして、異常があったら、ＭＲをしましょう」

Ｋ先生は、澄世の不安を察して明るく言われた。その明るさを受けて、顔を上げた澄世は言いたかったことを、勇気を振り絞って言った。

「先生。まだ先で、来年の四月の事なんですけれど……私、ピアノの音楽会でショパンを弾くんです。来て頂けませんかしら？」

「そう！　ショパンをですか」

「下手ですけれど……チャレンジします。七日の金曜日の夜七時から、リーガロイヤルホテルであるんです。来て頂けませんでしょうか？　先生に来て頂けるなら、私、勇気百倍で頑張れて、本当にうれしいんですけれど……」と祈るように言った。

「金曜の七時？　……近いし、行きますよ。四月七日ですね？」

「ええ。本当ですか!?　ありがとうございます！」

思いもかけず、あっさりとＯＫの返事をもらえ、澄世はうれしくて、いつもの癖で、胸の前で手を合わせた。バッグを開け、用意していた「あなたのミニコンサート」のチラシを出し、Ｋ先生に手渡した。Ｋ先生はサラッと目を通し、机の端にしまわれた。

「わかりました。きっと行きます。じゃぁ、次の予約は……一月の十二日、木曜の十一時で、いいですか？」

「はい。お願いします」

Ｋ先生は、パチパチとパソコンのキーをたたいた。

「今年もありがとうございました」

澄世は立ち上がってお辞儀をした。

「では一月に」

「どうぞ、良いお年を。ありがとうございました」

澄世は引き戸式のドアを開け、もう一度丁寧にお辞儀をして、廊下へ出て、音が鳴らないように気を付けながら、そっとドアを閉めた。

婦人科を出て、エスカレーターで一階へ降り、精算を済ませ、病院を出た。澄世は宙を跳んで歩いているようだった。夢見心地で、完全に舞い上がっていた。うれしさで胸は高鳴っていた。来年の事を言ったら鬼が笑うと思いながらも、何を着て行こうかと、歓びがこみあげて、早くもウキウキとした気分だった。帰ってからも、思いをめぐらせ、色んなドレスをイメージしたが、澄世はK先生を驚かせようと、着物を着たいと思った。思ってから、どの着物にするか、また楽しい悩みの中に心を泳がせた。

年末中ずっと、澄世はK先生の事ばかり考えていた。音楽会の後、なんて言ってお誘いしようかしら？　お茶？　ちがう、子供じゃないんだから……。お食事にお誘いしたい！……でも、なんて言ったらいいかしら？　断られないように、なんて言えばいいかしら？そんな事ばかり考えていた。


年が明け、平成二十九年一月十二日（木）の受診に行くと、K先生はマスクをしていて、心なしか物静かだった。「お正月、どうされていましたか？」なんて聞ける雰囲気ではなかった。

「変わりないですか？」

「少しおりものが増えた気がします……」

「いつ頃から？」

K先生はずっとパソコンの画面を見ていた。

「気になりだしてから……」

澄世は適当に答えた。

「じゃぁ、ここ数ヶ月ですね？」

「……」

澄世は黙って頷いた。

マスクをしたK先生はパソコンの画面から目を離さず、パチパチと打ち込まれた。澄世は我慢できずに聞いた。

「先生。お風邪ですか？」

「あ、いや、ちょっと……」

K先生は口ごもった。

「先生。梅田の阪急百貨店には行かれたりなさいますか？」

「あぁ、乗り換えの時、通らなくもないですが？」

「あの……お正月十五日まで、コンコースのウインドウに嵯峨御流の、私の先生がいけられた新春のいけばなが展示されているんです。もし通られたら、ご覧になってみて下さい」

「……」

いつものような反応が無かった。

「採血をして帰って下さい。結果は来週十九日の十一時に。今日は内診はいいです」と、切り上げられた。澄世は仕方なく、立ち上がった。

「ありがとうございました。今年もよろしくお願い致します」と頭を下げた。ドアを開け、出ようとした。

「お大事に」

K先生の声が聞こえたと思った時には、ドアは閉まってしまった。澄世はハッとした。いつもと何かちがう。いつもなら、「ではまた」とか「来週に」とか仰るのに、何故？

「先生こそ、お大事に！」と、もう少しで戻ってドアを開け、そう言いたくなったが、もう廊下を歩きだしており、そのまま婦人科を出てしまった。

翌週、十九日（木）に、受診に行ってみると、K先生は休診になっていた。帰ろうか？と思い受付に聞いたら、「しばらくお休みなので……」と口ごもられ、「どうされたんですか？」と聞いても黙られた。仕方なく、若い女医の診察を受けた。

「エストラジオール、正常値でした。問題ないですよ。次回、三月に、私で予約しておきますね」

「え？　K先生じゃないんですか？」

「K先生は三月もいないから」

澄世はギクッとした。

「どうしてですか？」

それには返事がなく、「じゃぁ三月に」と追い出された。

帰り道、不安で頭がいっぱいになった。

(先週、マスクをされていたし、ご病気だろうか？　……それとも、何かあって、他の病院へ移られるのだろうか？)

澄世は考えながら周りの風景も目に入らず、足の運ぶまま、通い慣れた道を歩き、JR福島の駅まで来た。電車に乗り、同じ事を繰り言のように考えながら、車窓がただ移り過ぎて行き、法隆寺に着いた。とても疲れたので、家までタクシーに乗り、帰った。帰ったものの、胸がつかえ、スッキリしなかった。その夜はとうとう眠れなかった。

翌朝、思いあまって、親しくしている看護師の由美の事を思いつき、八時半を待って、澄世はK病院へ電話をかけた。交換がでた。

「K病院です」

「看護師の竹原由美さんをお願いします」

「どちら様ですか？」

「患者の楯見と申します。ちょっとご相談したい事があって……」

「お待ち下さい」

澄世は、胸が締めつけられるのを耐えて待った。

「はい。竹原ですが……」

「楯見です。お仕事中にごめんなさいね」

「澄世さん？　どうしたの？」

「あのね、昨日、婦人科へ行ったんだけど、K先生が休診だったの。三月に予約をもらったんだけど、その頃も、K先生はおられないって言われて……。K先生、どうなさったのか教えてくれないかしら？」

「……」

しばらく沈黙があった。

「病院では言わない事になってるんだけど……澄世さんは、何か自分のせいじゃないかとか思う人だから……言うわね。……K先生、亡くなったの」

（えっ⁉）

澄世は声が出なかった。電話を持つ手がガクガクと震えだした。

「びっくりするよね。私達もびっくりしたの。くも膜下出血でね。急だったの」

「そうなの？　ほんと⁉」

澄世の目から滂沱の涙が溢れ出た。

「そう。でもね、一番びっくりしてるのはK先生だと思うよ」

「……」

「ショックよね。澄世さん、泣いていいよ！　思いっきり泣いて！　でもね、生きるのよ！　K先生に助けてもらった命、大事にしてね！」

澄世が鬱病を長く患っているのを知る由美は、ハッキリとそう言った。

電話を切った。涙が止まらなかった。信じられない！　いや、澄世は信じたくなかった。ウソだ！　先週会ったのに！　まだ六十代なのに……。そんなわけない！　四月に音楽会に行くって約束して下さったもの！　……どうして？　どうしてK先生なの？　癌だった私じゃなくて、どうしてK先生が？　……K先生なら、沢山の患者を救えるのに、何も出来ない私が生きてるなんて……まちがってる！　澄世はこの明暗を受け入れられなかった。涙は次第に嗚咽になり、澄世は床に倒れ伏し、泣き崩れた。その直後から、澄世はまた失声した。

五年間は経過観察をきっちりしましょうと言われたK先生は、その言葉通りの五年、澄世の命を守りぬき、最期の言葉「お大事に」を残して、流れ星のように、あっと言う間に逝ってしまわれた。

四月七日（金）、その日がとうとう来た。どうやって日を送ったのか、澄世は自分でも覚えていなかった。ただ、何となく、これまでの人生を振り返ってみた。孤独だったS新聞社時代の、ずっとトラウマだった人間関係……癌の闘病……嫌な過去だったが、K先生が突然亡くなられた悲しみ、この別れの悲痛な苦しみに比べたら、どんな事でも許せるとわかった。澄世は重い荷物をやっと手放し、K先生への愛だけを胸に持つことにした。

失声症は、ようやくかすれ声が何とか出るようになっていた。澄世は、音楽会に、もうワンピースでも着て行こうかと、投げやりになりかけたが、いや、約束したんだもの。K先生はきっといらっしゃる！　そう思い直し、着物をどれにしようかと思いめぐらせた。訪問着は晴れがましくて着る気になれなかった。色無地……。澄世は、自分が一番好きな色、ピンクの色無地の着物を箪笥から出した。続いて、もう悩む事なく、それに合うとひらめいた黄色地に紅い牡丹の花が描かれた袋帯を出し、水色の帯締めと帯揚げを合わせた。

もう、時間が近づいていた。澄世は急いで、白いレースのショールを肩にかけ、いつもの黒の和装バッグを手に持ち、出かけた。電車の中でも、うつろで淋しく、泣きそうなのをこらえていた。K先生のいたK病院の前を通りたくて、大阪駅から出ているシャトルバスを使わず、福島駅から歩く事にした。K病院の前を通った。澄世は泣きそうになった。玉江橋を気もうつろに歩いていた時、春の嵐が突風のごとく吹き、ショールが飛んだ。あっと思って振り返ると、若い男性が取って、手渡してくれた。スラッと背が高く、黒目がちな瞳が、どことなくK先生に似ていた。澄世は何となくその男性を誘い、音楽会は一人ではなかった。それを澄世は勝手にK先生のお引き合わせなのだと思った。

ピアノを弾きながら、悲しさがこみあげ、涙が溢れた。自分の出番が終わり、耐えられなくて、すぐ出ようと相手を食事に誘った。二十九階から煌めく夜景を見ながら、K先生がそばにいるような錯覚を感じずにはいられなかった。その男性、和彦は若いが知識が豊富で、映画や本の話から、世界情勢についてまで色々と教えてくれ、話は尽きなかった。K先生とデートしていたら、こんなだったかしら……。そう思う間に二時間ほどがたった。九時になると気付き、あわてて帰ろうとした。澄世はこれきりだと思っていたのが、思いもしない事に、和彦にまた会おうと言われた。

それから、ホテルグランヴィアで食事をし、ビルボードライブで石丸幹二のライブを楽しみ、夏に白浜へ連れて行ってもらい、初めての接吻を知った。心身にショックが大きかったせいか、体調を崩し、久々に大きな喘息発作を起こし入院をした。お花の講座を受けに大覚寺へ行っても、和彦の事が想われ、売店でお土産を探し、自分が見た紅葉の感動を伝えたくて、渡月橋の紅葉が描かれた栞を買った。十二月には、カラオケに行き、歌わないつもりが、K先生の事を想ってしまい、つい「明日」を歌った。泣きそうなところを、和彦のあたたかな抱擁を受けた。澄世はもう充分だと思った。


年が明けた平成三十年は、一月にいけばなインターナショナルの新年会で東京へ行ってから、華展準備で忙しい事を理由にして、和彦を避けた。和彦は華展にも来てくれた。華展でいけた荘厳華は、K先生への一周忌の献花のつもりで、心を込めていけた花だった。

春に電気倶楽部で会った時、好きだと言われた。自分には勿体ないとつくづく思った。澄世は、和彦はK先生が天国から遣わせた天使だと本気で思っていた。誰も信じないくらい奥手の澄世に、初めての口づけをくれ、男との抱擁を教えてくれたのだと。だから何のためらいもなく手放せた。若くもなく、子供の産めない自分にひきとめたくなどなかった。幸せになって欲しい。

自分は大覚寺で袈裟を授かった時から、華道と結婚したようなものだ。それが淋しくもなく哀しくもなく、スッと胸に落ち着いている。人生は悲しい事、苦しい事が殆どで、だから小さな親切が心底有り難いとわかり、ささやかな喜びの中に真の幸福があり、何げない日常は最上の平和だと、澄世はつくづく思っている。

K先生が亡くなって一年たった今年の四月八日、和彦ときっぱり別れた。お花祭りの日だったことが、インドまで旅した澄世には、み仏のおぼし召しのように思われた。もう会うことはない。

その後、しばらく傷心だった澄世に、会員登録をしているザ・シンフォニーホールから案内の冊子が届いた。ページをくっていて手がとまった。「五月十二日（土）二時、オールショパンコンサート」。絶対に行きたいと思った。電話をして、前の席はないかと聞いてみると、端でもいいなら一番前の列で二席だけ空いていると言われ、澄世はその二席を取った。


いけばな嵯峨御流に身を置く澄世にとって、今年は意味深い年だった。大覚寺では六十年に一度の勅封般若心経の二十回目、つまり一二〇〇年目の開封が行われる。嵯峨御流は創流一二〇〇年を迎えた。十月の開封法会と華道祭は、澄世にとって、生きていればこそ巡り合える有り難い勝縁である。五十一年も生きられるとは思っていなかった。

「拈華微笑《ねんげみしょう》」……釈迦は説法の時、黙って一輪の花をひねり皆に見せたところ、弟子の摩訶迦葉だけが、それを理解し微笑した。言葉ではなく、手折られた花を見て、以心伝心する悟りの境地。澄世は死を直視して、いけばなの世界へ生きがいを見いだした。もの言わぬ花こそ、多くを語り教えてくれた。その美しい姿、色、香りによって、森羅万象の絶対的な命の尊さを説いてくれた。

澄世が死を覚悟した時、まるでみ仏に導かれるようにご縁を頂いた嵯峨御流は、華道界にあって唯一、家元制ではなく、京都の嵯峨の門跡寺院大覚寺が本所である。嵯峨天皇をいけばなの始祖とし、空海の教えがあいまって「花即宗教」と説いている。正に「拈華微笑」である。澄世は花によって生かされた。

いけばなは、いずれ散りゆく刹那の芸術だ。それ故に、生ある有り難さ、人生のはかなさを、花のひとときの美から、くみとる特別な世界である。人は皆いずれ死ぬ。ならばこそ、生かされてある今を、花のように美しく、無償の愛で人と人とを思いやり合いたい、澄世はそう思う。

また、花をいけるとは、死者との対話ではないのかと澄世は思う。エジプトのツタンカーメンの棺の中に、矢車草の花束が添えられていたのは有名な話だが、イギリスのダイアナ妃が亡くなった時も、人々は花を供えた。花を手向ける……。花はきっと、この世とあの世をつなぐ、人にとって、魂のよりどころとなる象徴なのだと澄世は思う。

そう、どうして自分は花をいけるのか、澄世はわかった気がした。その行為こそ、死者との対話だから……。自分は生きてある限り、花をいけよう、そう思った。

また感謝とは、謝るを感ずる心だと気付かされる。命ある花を手折って「ごめんなさい」。ご飯を頂くのも、魚や肉を頂くのも「ごめんなさい」。「ごめんなさい」そして「ありがとう」であると。

大覚寺では、「ふくしまサクラモリプロジェクト」が立ち上げられ、震災の復興支援の記念に、福島の桜が、大覚寺の境内に植樹された。平和を祈る、この地で、澄世も日本の、そして世界の、つまりは一人一人の皆の幸せをつくづくと祈る。花はただ、その美しさで何も求めず、人の心を癒してくれる。人も花のようであれば、戦争もないのに……。澄世はそんな事を思う。澄世は、この花の道を歩み、生きていこうと思う。

人の寿命など、わかりはしない。癌＝死ではない。澄世のように、不思議なご縁に恵まれ、生かされる事もある。逆に、人は、いつ何で死んでも不思議ではない。K先生が、それを身をもって教えて下さった。今を大切に、ただ今に感謝して、人は生きていくのが本当だと澄世は思う。

Ｋ先生は、大嫌いから、大好きになった特別な人。澄世にとって、誰にも見せない体の女性の部分を見せただけでなく、心のふれあいも、親密だった、かけがえのない大切な人だった。

一周忌を過ぎても、胸に痛みを抱える澄世は、Ｋ先生を今こそ偲び深く追悼し、前へ進もうと思った。


五月十二日(土)、澄世は、濃い赤色に白の小さな水玉の柄で、襟をリボン結びする、お気に入りのブラウスと、黒のタイトスカートを着、真珠のイヤリングを付け、黒のショルダーバッグを脇にかかえ、黒のパンプスで出かけた。昼前に家を出て、ＪＲ大和路快速で福島へ着いた。踏切を渡って、商店街を少し入ったところの花屋で、赤い薔薇を一輪買い、プレゼント用にラッピングしてもらった。そして、ザ・シンフォニーホールへ向かい、北へ歩いて行った。胸に抱いている薔薇の赤が、ブラウスの赤と呼応し、一歩一歩ふみしめて歩いた。交差点を渡り、新緑の木々の生い茂った道を歩くと、正面にザ・シンフォニーホールが見えた。まだ時間はあった。澄世は左へ曲がり、いつもの喫茶店へ入った。

「コーヒーとロイヤルミルクティーを」

「ご一緒に出していいですか？」

女主人は待ち人があると思ったようだ。

「ええ、お願いします」

女主人が奥へ行き、澄世はテーブルの向かい側へ、赤い薔薇をそっと置いた。澄世は、K先生は英国紳士みたいだから、紅茶だと思ったのだ。

テーブルに二つのカップが運ばれて来た。澄世は、自分の前にコーヒーカップを置き、誰も座っていない向かいの席にロイヤルミルクティーのカップを置いた。店内はジャズが流れていた。赤い薔薇とロイヤルミルクティーのカップを前にして、澄世は静かに自分のコーヒーをすすった。目の前にK先生を想い浮かべ、心で話し始めた。

「K先生。赤い薔薇の花言葉をご存じ？」

「何かな？」

「あなたを愛しています」

「それはどうも光栄だな。ありがとう」

「先生、どうして突然いなくなったの？」

「……」

澄世はバッグから安定剤を出して水で飲んだ。

「薬、あまり飲むんじゃないよ」

「先生のせいだわ」

「楯見さん」

「澄世って呼んで下さい」

「澄世さん。もう泣かないでくれ」

「……」

「今日もショパンなんだね」

「ええ。先生と一緒に聴きたいの」

「ああ。一緒に楽しもう！」

「きっとよ！」

「ああ、約束するよ。サプライズプレゼントをありがとう。しかし、君には驚かされてばかりだったよ。癌だと言うのに五年も逃げて、突然、手術しろって来て、びっくりしたよ。肺に影が写った時は本当に心配したよ。でも何も無くて本当に良かった」

「先生のおかげです。ありがとうございます」

「医者として当たり前の事をしたまでさ。澄世さん。更年期、あまり気にするんじゃないよ。君の人生はこれからだ。歳なんか気にするな。毎日を楽しんで、花を愛し、音楽を愛し、人を愛するんだ。無心で好きに生きるんだよ。私の願いだからね。ほら、また泣く。いけないいな。君はもっと明るくした方が綺麗だよ。微笑んでごらん？」

澄世は微笑んだ。

「そう！　それでいい」

その時、店内に、ナット・キング・コールの「スマイル」が流れた。

「ほらね！　スマイル、スマイルだよ」

「先生。でも私、淋しいわ」

「全く困った患者さんだ。大丈夫。安心して。君が私を想い出してくれる時、私はすぐ君のそばへ行くから。いつでも助けてあげるよ。でも、自立するんだよ。前へ進んで！」

「……」

「去年の春は、約束の音楽会に行けなくて、ごめんよ。私だって行きたかった……。そのかわり、和彦君を呼んだんだ。春風にちょっと頼んでね。突風を吹かせてもらって、君のショールを飛ばしたんだ。案の定、君は和彦君を誘ったね。それで良かったんだよ。私のプレゼント、気に入ってくれたかな？　……そう、でも先月に別れたね。君らしいよ。欲が無くて、花に身も心も捧げてる。今はそれでもいいよ。でも、きっといい人を見つけて幸せになるんだよ」

「私、幸せです！」

「そうかな？　じゃ、なぜ泣くんだい？　澄世さんは、とにかく体に気を付けて、今を、これからを生きるんだ。私は幸せだったよ。君のショパンの音楽会に誘われて、うれしかった」

「ほんとですか？」

「ああ。私と君は、音楽の趣味も、気も合ったね。ほら、私のロイヤルミルクティー飲んで。私は頂いたよ。美味しかった。冷めちゃうよ」

「頂きます」

澄世はK先生のカップを手にとり、ゆっくり、ゆっくり味わいながら飲み干した。

レジを済ませ、ザ・シンフォニーホールへ行くと、丁度、入場が始まっていた。澄世は、ホールへ入り、一階の一番前列のA列、舞台右手の端の方の三十二番の席に座り、自分の右の三十三番の席に、赤い薔薇を置いた。

（K先生。ご一緒にショパンを聴きましょう）

澄世は心の中でつぶやいた。スタインウェイのピアノが舞台の上にあった。澄世は左耳の補聴器の音量調節の確認をした。

二時になった。二〇一五年のショパン国際ピアノコンクールで第二位に入賞した、カナダの青年、シャルル・リシャール＝アムランがにこやかに登場した。ホールは拍手に包まれた。メガネの奥の瞳が澄んだ青年、アムランがピアノに向かい椅子に座り、客席は静かに待った。

曲が始まった。哀しげで甘い旋律……『ノクターン第二十番 嬰ハ短調「遺作」』だった。アムランが唄うように繊細に弾いた。澄世は目をつむった。走馬燈のように、K先生との会話の場面が想い出された。アムランの弾く一音一音が心にしみ、澄世に語りかけるように胸に響いた。優しく静かに、曲は終わった。澄世の右頬に一筋の涙がつたった。K先生が右隣りの席で、微笑んでいるのを感じた。二人は皆と一緒に拍手を送った。

人は死んでも、決して無くなりはしない。その身はいなくなっても、その人を想う人の心にずっと生き続ける。魂のつながりとは、見えないだけで、本当に素晴らしい真実だ。K先生はいなくなったけれど、澄世の心の中で生き続け、愛を教え続けてくれる。澄世は愛に満ち溢れ、この愛を広げる為に生きていくのだとわかった。

アムランが次の曲を弾き始めた。澄世はもう泣いていなかった。胸の奥から広がるあたたかい愛を感じ、微笑んでショパンを聴いていた。

あとがき

心から敬愛する故K先生へ、レクイエムとして捧げます。

そして、K先生をはじめ、私の命を救って下さった多くの医師の先生方や看護師の方々、そして、私の長い闘病生活を支えてくれた家族や友人知人の皆さんに、心から感謝し、お礼を申し上げます。

患者を思いやり、ショパンをこよなく愛したK先生の御魂《みたま》と対話しながら、この私小説を書き上げることが出来たことを、うれしく思っています。

平成二十五年三月十六日、インド旅行の帰り、デリーの空港で飛行機を待っている時、一人の女性に話しかけられました。「日本の方ですか?」と聞かれ「はい」と答えると、「あなたは何故、インドに来たのですか?」と聞かれました。その時、私は自分でも思いがけなく「私は、乳癌も子宮癌も切って、生かされているので、お釈迦様にお礼に来ました」と用意していたように答えたのです。奈良市にお住まいだと言うその女性、矢野さんは、驚いた顔をされ「あなたのこれまでの事をまとめて、本にして下さい」と言われました。私はまた「はい」と、まるで誰かに言わされているように答えました。矢野さんは「楽しみにしています！」と言われ、私達は飛行機に乗り、帰国しました。この不思議な出来事を、私は忘れた事はありませんでしたが、いたずらに時が流れました。

五年後の今、K先生を悼む心がきっかけとなり、やっと書き上げる事が出来ました。この場を借りて、矢野さんに、あの時のお礼を申し上げます。

私の癌体験は、きわめてまれな経験であり、人様にお伝えしてお役に立てるようなものではありませんが、こんな闘病の仕方もあるのかと、微少なりとも読者の方の参考になれば、作者として幸いです。

内容はフィクションをまじえ、私の日記を元にして書き上げました。「いけばな」では、花をあつかう方法として、「虚実等分」と言う事を言います。花の自然の姿「実」と、人が鋏を入れたり曲げたりして作る姿「虚」とを、等分に駆使し、「いけばな」と言う芸術作品を創りあげるのです。私は、この私小説を書くにあたり、この手法を使う事にしました。よって、癌闘病は「実」ですが、出来事の年月に若干のズレがあったり、全く「虚」の登場人物や、フィクションの部分がある事を、ご了解下さい。

私は、現在も癌の定期検診に通っており、鬱病と喘息も治療中です。病める者として、生かされてある有り難さをつくづく実感しており、皆さんのご健康を心からお祈り申し上げる次第です。

また、闘病中より私の心の強い支えであり、今や魂のふるさととも言うべき私の居場所である、華道嵯峨御流に心から感謝し、当流をはじめとし、日本のいけばな界の隆盛発展を強く願うものです。

出版にあたり、編集の山内栞里さんはじめ多くの方々にお世話になりました。心からお礼を申し上げます。

最後までお読み頂き、本当にありがとうございました。

高見純代

平成三十年六月十一日

【著者紹介】

高見 純代（たかみ すみよ）

大阪府出身。
大谷女子大学 文学部 国文学科 卒業。
SONYのショールームアテンダントを経て、平成5年 産経新聞社 入社。
大阪本社の役員秘書を7年務める。在職中に、夕刊1面にエッセイを執筆。
退職後、乳癌、子宮癌を闘病し克服。童話、詩、エッセイ、絵なども創作。
華道家（嵯峨御流 正教授）。

JASRAC 出 1809312-801

薔薇《ばら》のノクターン

2018年9月11日　第1刷発行

著　者　　高見純代
発行人　　久保田貴幸

発行元　　株式会社 幻冬舎メディアコンサルティング
〒151-0051　東京都渋谷区千駄ヶ谷4-9-7
電話　03-5411-6440（編集）

発売元　　株式会社 幻冬舎
〒151-0051　東京都渋谷区千駄ヶ谷4-9-7
電話　03-5411-6222（営業）

印刷・製本　中央精版印刷株式会社

装丁　　幻冬舎デザインプロ　森悠哉

検印廃止

Printed in Japan
ISBN 978-4-344-91872-6 C0093
幻冬舎メディアコンサルティングHP
http://www.gentosha-mc.com/